CONTRE-ENQUÊTE
SUR LA MORT
D'EMMA BOVARY

DU MÊME AUTEUR

Les Comptoirs du Sud, Le Seuil, 1989 (prix Renaudot) ; Points n° 1091.
En haut à gauche du paradis, Le Seuil, 1992.
Les Amants de Tonnégrande, Le Seuil, 2003.
Contre-enquête sur la mort d'Emma Bovary, Actes Sud, 2007.
Un tigre dans la soute, Actes Sud, 2008.

© ACTES SUD, 2007
ISBN 978-2-7427-7999-4

PHILIPPE DOUMENC

CONTRE-ENQUÊTE SUR LA MORT D'EMMA BOVARY

roman

BABEL

I

> *Mais naturellement ma pauvre Bovary s'est bien empoisonnée elle-même. Tous ceux qui prétendront le contraire n'ont rien compris à son personnage !... Comment ne pas se suicider si l'on a un peu d'âme et que le sort vous condamne à Yonville ?*
>
> GUSTAVE FLAUBERT,
> *Correspondance avec George Sand.*

1

*Yonville-l'Abbaye (Normandie, France),
24 mars 1846.*

Après cette folle journée de la veille passée à courir dans la neige et la boue, après ces supplications vaines, ces menaces, ces refus grossiers auxquels elle s'était heurtée, elle avait enfin compris qu'elle était vaincue ; alors elle était rentrée, elle s'était à demi dévêtue, elle s'était couchée ; elle avait même dormi un peu. Se réveillant, elle avait eu la surprise de retrouver intactes la sérénité de la chambre, la douceur protectrice du lit, le tic-tac apaisant de la pendule ; puis, presque immédiatement, elle avait commencé à sentir monter en elle ce goût âcre qui envahissait sa bouche, cette amertume infinie, ces sueurs froides, ces vapeurs inexorables qui tôt ou tard atteindraient la tête.

Par bonheur elle ne souffrait pas encore. Dans une sorte de nuage, elle se revoyait enfant, avec son père, ce gros fermier inculte et veuf qui, parce qu'il *avait du bien*, l'avait envoyée aux écoles. Puis le couvent des sœurs où elle avait été éduquée, comme elle y avait été choyée et aimée, n'était-ce pas là au fond qu'elle avait été la plus heureuse ? Ensuite son mariage avec ce gros garçon qui, même quand il portait son habit de tous les jours, avait l'air endimanché. La noce serpentant au travers de la campagne avec le violoneux en tête, la façon dont le soir il avait, pour la dévêtir, posé sur elle ses gros doigts de mari désormais *propriétaire*, le *boc* d'occasion, cette minable voiturette à cheval dont, croyant lui faire plaisir, il lui avait fait cadeau, sa façon de manger sa soupe en lapant interminablement chaque cuillerée ou de se curer les ongles avec son canif après le dessert, soupirant ensuite auprès de son feu jusqu'au moment d'aller se coucher ; enfin ses manières de mari à la fois comblé et trompé, son aveuglement pathétique, son inconscience, et surtout sa bonté, sa bonté si incommensurable qu'elle en était venue à ne plus pouvoir la supporter !

Elle revoyait son arrivée avec lui dans la petite ville quelques années auparavant, les malles déposées à même le sol dans la grande salle de cette auberge où des poules picoraient entre les tables et où pour la première fois le regard de Léon avait croisé le sien, longtemps avant que cette chose n'arrivât entre eux, longtemps avant qu'ils ne *s'aimassent* comme on dit ; et surtout longtemps avant qu'elle eût rencontré l'autre, ce Rodolphe au regard inquisiteur et décidé, aux mains expertes, au cynisme goguenard de célibataire averti, cet amateur de soirées équivoques auxquelles, passant par la porte arrière de son jardin puis par le petit pont sur la rivière pendant que Charles ronflait, elle s'était parfois rendue malgré sa peur d'être découverte.

Elle revoyait aussi Homais le pharmacien, ce triste sire avec ses prétentions imbéciles, ainsi que les personnages de la petite ville, le percepteur Binet, le maire Tuvache, le notaire Guillaumin, le curé Bournisien, l'aubergiste la mère Lefrançois, le cocher Hivert, tous ces mornes pantins de Yonville dont chacun affichait sur la tête de quoi vous faire vomir ! Et surtout l'usurier Lheureux, le hideux Lheureux, les paroles habiles qu'il lui avait si longtemps débitées, les sottises qu'il lui avait fait acheter, l'argent qu'il lui avait prêté. Ensuite sa perspicacité, ses menaces, son insensibilité, ses propositions d'ancien tenancier de maison close, le papier timbré qu'il avait envoyé, la saisie des meubles et de la maison à laquelle il avait fait procéder, sa cupidité ; enfin cet argent, ce sale argent, ce manque d'argent qui à lui seul était presque la cause de tout.

Alors le premier spasme la prit. Elle en reçut le choc avec une telle violence qu'il lui sembla que l'intérieur de son corps tout d'un coup se retournait comme un gant, et en même temps la brûlure fulgurante commença à frapper sauvagement à l'estomac, au ventre, à la poitrine, à la gorge. Les coups de poignard s'abattaient l'un après l'autre ; ils ébranlaient la chair pantelante, la martelaient, l'épuisaient, l'anéantissaient. Cependant que les vomissements se succédaient et qu'une soif abominable s'emparait d'elle.

Un moment vers le matin il y eut une sorte de rémission dans sa torture mais elle était si complètement anéantie et surtout elle avait eu tellement mal qu'elle savait qu'il n'y avait plus pour elle désormais d'autre solution que de mourir. Ouvrant les yeux, elle vit dans une sorte de nuage Charles son mari et Homais le pharmacien s'agitant grotesquement autour d'elle. Le premier n'avait pas eu le temps de retirer son chapeau tout mouillé de pluie ainsi que le grossier caban qu'il mettait pour ses visites, l'autre avait gardé son paletot et l'étonnante calotte grecque dont il s'affublait pour servir dans sa boutique. Ils s'activaient à préparer des potions qu'elle ne pourrait même pas absorber, affichant des poses dramatiques et désespérées. Charles surtout se frappait la tête contre le mur, prenant la terre et le ciel à témoin de son impuissance.

Elle remarqua cependant qu'en même temps il cherchait quelque chose dans le secrétaire où elle enfermait ses papiers.

Un second spasme la saisit, l'abominable choc recommença. La vague intérieure qui le portait était accompagnée d'une douleur si profonde, si intolérable qu'elle espéra sincèrement que ce coup-là était le dernier, que cette fois-ci elle allait mourir pour de bon. Elle se ranima, ouvrit les yeux. Maintenant deux autres hommes étaient là, eux non plus n'avaient pas pris le temps de retirer leurs manteaux et leurs hauts chapeaux noirs. A travers leurs lorgnons bordés d'un fil d'or, ils la considéraient, hochant la tête et prononçant ce seul mot : arsenic. Mais si eux aussi croyaient qu'il n'y avait rien à faire, pourquoi tenter encore quelque chose, ajouter pour rien à toutes ces souffrances ?

Elle referma les yeux puis les rouvrit un instant ; et il se trouva que très bienheureusement pour elle ce petit moment de conscience était le dernier. Chacun avait quitté la chambre sauf une personne, cette ombre noire qui se penchait vers elle comme pour recueillir ses derniers secrets, était-ce la Mort ou la nuit, ou un prêtre, ou un autre médecin ou quoi encore ? Un rideau s'abattait, lequel ? Etait-ce celui de l'un de ces interminables crépuscules de province qui, à l'heure où se ferment les persiennes dans chacune des petites villes comme celle où elle habitait, chaque soir tombaient du ciel ? Ou ce glorieux rideau de scène qu'elle avait vu descendre sur un opéra où, un jour, à Rouen, son mari l'avait menée entendre le fameux ténor Lagardy dans *Lucie de Lammermoor*, et où, par hasard à l'entracte, elle avait retrouvé Léon ? Etait-il venu, le moment de dire la vérité ? Etait-ce à cette ombre penchée sur elle qu'elle la devait ? Comme tout était loin et inutile déjà ! Surtout, au point de faiblesse où elle était parvenue, comment trouver seulement la force de se souvenir de ce qu'elle aurait pu raconter ?

Une dernière convulsion la secoua, elle perdit définitivement conscience ; et enfin elle partit, *abandonnant le terrain*, laissant aux autres leur existence médiocre, leurs rêves avortés, leur sinistre entourage, leurs abominables problèmes d'argent, leur méchanceté, leur malveillance, et surtout ce cynisme, cet affreux cynisme que, même dans ses amours, elle avait rencontré les derniers temps.

Etait-ce seulement la peine d'avoir fait tourner quelques têtes ; et d'avoir été aussi jolie qu'on le disait ?

Le jour où elle mourut, Emma Bovary n'avait pas encore vingt-six ans.

2

Préfecture de Rouen, 25 mars 1846.

Pour Remi – comme du moins il le raconta plus tard – l'affaire commença le lendemain vers l'heure de midi. Il se trouvait avec quelques chenapans de ses collègues dans le bureau de police de la préfecture de Rouen quand leur patron le commissaire Delévoye entra, suivi d'un homme habillé en bourgeois. Ceux d'entre eux qui dormaient se réveillèrent, et chacun se leva comme surpris dans son travail*.

"Monsieur Remi, dit le commissaire Delévoye, pourriez-vous un instant nous rejoindre dans mon bureau ?"

Et, quand Remi fut entré :

"Monsieur Remi, continua Delévoye, inutile de vous présenter M. le professeur Larivière, le célèbre praticien de la faculté de médecine de notre ville."

Remi s'inclina. Qui à Rouen ne connaissait au moins de réputation le docteur Larivière ?

"Avec l'un de ses confrères de Neufchâtel, le docteur Canivet, poursuivit le commissaire, le docteur Larivière a été appelé il y a deux nuits en urgence dans le village de Yonville-l'Abbaye, à huit lieues d'ici, au chevet d'une femme nommée Emma Bovary et âgée d'environ vingt-cinq ans. Cette femme s'était empoisonnée à l'arsenic, selon toute apparence par suicide ou accident."

Bel homme aux cheveux argentés, la redingote cossue ornée d'une rosette de la Légion d'honneur, le docteur Larivière opina.

---

* Cette unique phrase, comme l'une des dernières du présent livre que signalera une autre note, est la seule à se retrouver à peu près identique dans le roman de Flaubert. Tout le reste en diffère, on comprendra pourquoi.

"Cette femme est morte peu après leur arrivée, continua le commissaire, entourée de l'affliction de sa famille et de ses amis. Chacun parlait d'un suicide, mais à certains signes le docteur Larivière et son confrère ont eu suspicion de crime – oui, reprit-il, je dis bien : suspicion de crime", et au même moment Larivière opina à nouveau.

Delévoye poursuivit. Sous le premier prétexte et avant d'aviser la police, les deux médecins avaient jugé bon, comme la loi le leur permettait, d'ajourner le permis d'inhumer. Laissant les choses en l'état, chacun alors était reparti vers son domicile respectif, Canivet à Neufchâtel, Larivière à Rouen.

A son retour à Rouen, Larivière avait immédiatement fait part de ses soupçons au procureur du roi et au juge, lequel avait délivré une commission rogatoire. D'Herville, le médecin légiste de la préfecture, était déjà parti là-bas accompagné d'un gendarme cependant que Delévoye, chargé de l'enquête policière, le rejoindrait le soir même.

"Vous, dit-il à Remi, m'accompagnerez pour m'aider. Filez donc faire votre malle, soyez dans une heure place Beauvoisine à l'hôtel de la Croix-Rouge. La voiture de la préfecture étant prise par d'Herville et le cabriolet ne pouvant être utilisé par ce temps, nous emprunterons la diligence qui à quatre heures trois quarts part pour Yonville."

Ainsi donc, par une de ses bontés particulières, M. Delévoye – un patron qu'il aimait et respectait entre tous – prenait-il avec lui Remi pour l'assister dans l'une de ses enquêtes. De quel orgueil celui-ci ne se sentit pas gonflé !

"Professeur Larivière, reprit Delévoye, continuerai-je mon petit interrogatoire ?

— Mais naturellement, je suis ici pour ça ! s'exclama Larivière. Voici ce que j'ai rapporté hier soir à M. le procureur du roi et qui a motivé la décision de lancer une enquête : l'avant-dernière nuit donc, le docteur Canivet et moi avons été appelés en urgence, lui de Neufchâtel, moi de Rouen, au chevet de l'épouse de l'officier de santé de Yonville-l'Abbaye, M. Charles Bovary, laquelle avait absorbé une forte dose d'arsenic. Avec la neige exceptionnelle qui est tombée ces jours-ci, Canivet et moi n'avons pu arriver que dans la matinée, ce qui fait que la condition de la patiente était devenue grave, d'autant que les premiers soins avaient été maladroitement prodigués : au lieu de lui introduire tout simplement trois doigts dans la gorge pour la faire vomir, on l'avait purgée, on lui avait administré toutes sortes d'émétiques et de contrepoisons qui n'avaient qu'aggravé son cas !... Bref, peu après notre arrivée, elle décédait.

— Mais pourquoi un crime ? interrompit étourdiment Remi. Pourquoi pas un accident ou un suicide ?

— Puis-je poursuivre ?" fit le médecin, manifestement agacé par l'interruption du jeune homme. Et du reste, au lieu de continuer, il s'arrêta.

"Enfin, Remi, écoutez le professeur ! s'écria le commissaire.

— Je continue donc, reprit Larivière, apparemment apaisé. Inutile de vous dire qu'à notre arrivée à Canivet et moi, la panique régnait ! Se trouvaient alors au chevet de la patiente son mari, le dénommé Charles Bovary, ainsi que le pharmacien du village et son épouse qu'il avait appelés en première assistance, chacun semblant affolé et évoquant une tentative de suicide au sujet de laquelle la victime avait laissé une lettre. Quand tout a semblé perdu et qu'il a été décidé d'appeler le prêtre, Bovary, le pharmacien et sa femme y sont allés, moi je suis resté seul avec Canivet et la patiente. Je tenais la main de celle-ci, le pouls était imperceptible. Elle ne donnait presque plus signe de vie, mais tout à coup ses yeux se sont ouverts !... Elle m'a fixé avec une intensité que je n'oublierai jamais (or j'ai vu beaucoup de mourants dans ma vie, sachez-le !). Enfin, à croire que depuis le début elle suivait derrière ses yeux fermés toute l'agitation qui l'entourait, elle m'a demandé faiblement si j'étais le docteur Larivière (d'où tenait-elle mon nom ?). Sur ma réponse affirmative, elle m'a dit très distinctement : *«Assassinée, pas suicidée.»* Canivet à son tour se penchant sur elle, elle a essayé de lui montrer quelque chose du côté de son cou. Lui et moi étions stupéfaits. Nous l'avons pressée de questions mais déjà c'était trop tard, elle était retombée dans son coma ou plutôt sa stupeur physiologique ! Quelques minutes après elle mourait, juste au moment où le curé du village entrait dans la chambre avec les derniers sacrements.

— Continuez, dit le commissaire.

— Que faire ? Imaginez mon indécision. Rapporter à ces gens qui entouraient la morte, à ce mari presque fou de douleur, à ce pharmacien ami, une telle accusation, de plus formulée par quelqu'un à l'esprit sans doute altéré par de si horribles souffrances ?... Me taire, pour favoriser une enquête, si enquête il devait y avoir ?... Ma foi, j'étais fort embarrassé, quand soudain voilà ce brave Canivet qui vient à mon secours : s'agitant selon son habitude autour du corps et se rappelant le dernier geste de la mourante, il remarque une petite blessure encore fraîche située au bas du côté droit du cou de la morte, une autre sur l'épaule, une autre encore sur le torse ! Oh, à peu près rien, des traces à peine marquées, des rougeurs de moins d'un demi-pouce de large, le genre de contusion qu'on se fait en se cognant à un meuble ou étant transporté malgré soi, en tout cas quelque chose qui avait l'avantage de pouvoir être considéré comme suspect... Je saute sur l'occasion, je félicite ce pauvre

Canivet de sa perspicacité. J'indique qu'à cause de cette découverte mieux vaut remettre l'inhumation et demander une enquête, voilà mon Canivet qui se rengorge et abonde dans mon sens !... De lui-même il annonce que, bien que les contusions qu'il a découvertes soient probablement sans importance, il est souhaitable que le corps fasse l'objet d'une expertise. Ainsi le permis d'inhumer est-il suspendu sans que j'aie même eu besoin de mentionner la surprenante révélation de cette femme. Jugez de mon soulagement, en même temps que de la consternation des assistants !

— Pourquoi cette consternation ?

— La peur du scandale, j'imagine, chez ces gens déjà accablés de chagrin.

— Et la lettre dans laquelle elle parlait de son suicide ?

— Je n'en sais rien, je ne l'ai point vue.

— Admirez, monsieur Remi, s'exclama le commissaire, le sang-froid exceptionnel, dirais-je l'excellence ? dont ces messieurs de la Faculté ont fait preuve ! D'autres moins expérimentés auraient répété ce qu'ils venaient d'entendre, alertant ainsi le ou les coupables... si naturellement coupable il y a et se trouvant à proximité. Ayant gardé le mystère, ils nous laissent une affaire plus facile à éclaircir !

— Oh ! mystère est un bien grand mot, reprit modestement Larivière, mais il est vrai que j'ai une certaine habitude de ces choses. Le fait est qu'à part Canivet et moi (qui naturellement ne dirons rien), nul en ce moment à Yonville n'imagine que nous avons soupçon de meurtre ! Gardons cependant ses limites à l'affaire : certes cette femme a clairement prononcé le mot d'assassinat, mais qui peut jurer que, quand elle a parlé, elle ne mentait ni ne délirait ? N'oubliez pas aussi que le seul point officiel qui légitime le retard du permis d'inhumer est l'existence de ces petites ecchymoses que Canivet a remarquées. Or le premier expert venu (je ne dis pas cela pour le vôtre, celui de la préfecture, ce M. d'Herville que vous avez envoyé là-bas !) conclura que ce ne sont pas elles qui ont entraîné le décès, mais bien l'empoisonnement. Bientôt il y aura aussi l'état du corps. En bref, je recommande qu'on ne perde pas de temps et qu'on presse l'enquête.

— Qu'en pensent le mari et le pharmacien du village ?

— De quoi ? Des ecchymoses ? Rien, sinon qu'ils ne les avaient pas remarquées. Dans leur opinion elle a pu se les faire elle-même car elle s'est beaucoup débattue dans ses souffrances et à plusieurs occasions il a fallu la maintenir. A mon avis la question n'est plus là : car si cette femme est décédée d'empoisonnement et qu'en même temps on a soupçon que ce n'est pas elle-même qui s'est empoisonnée, la question est de savoir qui l'aurait fait et pourquoi. Ce qui ne me semble plus être de notre ressort, à M. Canivet et à moi ; mais plutôt du vôtre, messieurs de la police.

— Assurément, dit Delévoye.

— On me dit que vous quittez le service. Si cela est, j'en aurai du regret.

— C'est exact. Je suis atteint par la limite d'âge et probablement c'est ma dernière enquête. Croyez cependant que je ferai autant qu'à l'ordinaire.

— J'en étais sûr.

— M. le préfet m'a promis que je pourrai partir avec le grade supérieur, et arrondir ainsi un peu ma pension.

— Qui le mérite plus que vous ? répliqua aimablement Larivière. Du reste, à l'occasion, je me permettrai de lui rappeler sa promesse. Sait-on déjà qui vous remplacera ?

— Oh, il ne manquera point de candidats !" fit le commissaire d'un ton désabusé. Et il eut un geste circulaire embrassant le monde entier, Remi inclus.

Nul cependant mieux que Remi ne comprenait la tristesse de son vieux maître. Delévoye était de la génération des policiers recrutée sur le tas, anciens soldats de l'Empire le plus souvent, élèves de Fouché, de Canler, de l'ancien forçat Vidocq même un temps ! Nuit et jour sur les chemins avec leurs gros souliers ferrés, jamais avares d'une filature ou d'une planque, pistolet d'arçon dans une main, quelques francs dans l'autre pour payer les *indicateurs* qui à l'époque étaient la base de la police, ils avaient excellé à prendre en flagrant délit un malfrat sur une foire, à arrêter sur le fait les détrousseurs d'une diligence ! Mais maintenant les écritoires comptaient plus que les pistolets, on ne se déplaçait que commission rogatoire ou Code civil en main, on voulait des comptes rendus d'enquête, des procès-verbaux d'interrogatoire, des expertises, des contre-expertises. De sorte que, et bien qu'il n'en connût point d'autre, il arrivait à Delévoye d'aimer de moins en moins son métier.

Mais sans doute à ce moment Larivière jugea-t-il qu'il avait assez parlé. Sa barbe n'était point faite, ses joues minces sortant d'un grand col roide maintenu par une cravate blanche à rosette étaient creusées par l'épuisement, sa belle chevelure grisonnante d'élégant sexagénaire était en désordre. Sur son visage il passa une main fine et nerveuse ornée d'une chevalière.

"Mes dernières nuits ont été rudes, dit-il, permettez que j'aille me coucher ! Voyez Canivet à Neufchâtel, il confirmera ma déclaration… Je soupe ce soir avec le procureur du roi chez le préfet du département, lesquels sont tous deux de mes amis. Je ne manquerai pas de leur faire compliment du zèle et de la promptitude déployés par leur police en cette affaire !... Quant à vous, jeune homme, ajouta-t-il se tournant vers Remi, puisqu'il semble que vous alliez accompagner M. le commissaire, laissez-moi vous féliciter : vous voilà associé à une bien intéressante enquête !"

A ces noms redoutés du procureur du roi et du préfet, le commissaire et Remi échangèrent un regard aigu. Puis tous deux s'inclinèrent simultanément pour remercier. L'instant d'après, le pas sec de Larivière retentissait sur le perron de pierre de la préfecture. Un claquement de fouet se fit entendre, les vitres des fenêtres se mirent à trembler, la lourde berline noir et vert attelé de trois magnifiques chevaux crottés jusqu'aux oreilles, vraie voiture de médecin à la mode, s'ébranla pour le ramener chez lui.

Cette année-là, le mois de mars était étrange. Après le redoux de la fin de l'hiver, la neige était revenue sans prévenir. Une vague de froid insolite avait envahi la région de Rouen, bloquant les routes, gelant les mares, envahissant les haies, tuant net les pieds d'iris qui, sans doute égarés par le calendrier, avaient risqué un imprudent bout de nez sur le toit des chaumières où d'ordinaire ils commençaient à verdir.

3

"Un homme qui chaque semaine soupe avec le procureur du roi ou M. le préfet ! fit le commissaire avec un soupir d'admiration qui n'était pas feint.

— Est-il vrai qu'il a été l'assistant de Larrey, le fameux chirurgien de la Grande Armée ?

— L'Empereur lui-même l'a décoré sur le champ de bataille à Wagram quand il avait vingt ans, maintenant c'est le médecin le plus célèbre du département, il enseigne à la Faculté, il prend les plus gros honoraires ! Comment Bovary, ce minable officier de santé départemental à trois francs la visite, a-t-il pu se payer ses services ?

— C'était pour sa femme après tout.

— Avec quel résultat ? Elle est morte quand même.

— Sans doute ne se fait-on pas payer entre membres de la profession", hasarda Remi, regardant au travers de la fenêtre envahie de givre la voiture passer la grille.

En ses moments de bonne humeur, il arrivait à M. Delévoye de le tutoyer :

"Ah, dit-il avec un gros rire, toi, on voit bien que tu n'es pas natif de Normandie !"

Assez souvent en effet, les Normands faisaient reproche à Remi d'être un "Horsain", *quelqu'un qui n'est pas d'ici*. L'origine du jeune homme était parisienne. Son père, ingénieur à Paris, avait été employé à Rouen pour la construction du chemin de fer du Havre. Il était mort dans un accident de tunnel quand lui était enfant, sa mère alors étant restée à Rouen.

"En tout cas ce docteur Larivière ne semble pas avoir une haute opinion de son confrère Canivet.

— Tous ces médecins se détestent. En appeler ensemble deux de ce calibre relevait de la provocation.

— Deux avis valent mieux qu'un.

— Oui, sauf quand ils se contredisent. Heureusement, la mort de la patiente a réconcilié ces deux-là !"

Remi quittait le bureau quand soudain le nom de Yonville-l'Abbaye lui rappela quelque chose.

"Yonville-l'Abbaye ! N'est-ce pas ce village à l'écart de la route entre Rouen et Beauvais que nous avons traversé quand nous allions ensemble au château de la Vaubyessard, chez le marquis d'Andervilliers, pour cette histoire de vol de bijoux à un bal ?

— Eh oui, petit ! s'exclama le commissaire. Tu l'as vu ce jour-là : même les riches se cambriolent entre eux !"

Parfois également, à d'autres bons moments, il l'appelait "petit".

Les souvenirs alors revinrent à Remi. L'été d'avant, effectivement, le commissaire et lui avaient traversé dans le cabriolet de la police ce gros bourg à l'apparence nulle. Ils ne s'y étaient point arrêtés et n'y avaient croisé personne, de sorte qu'il ne le retrouvait dans sa mémoire que comme l'un de ces daguerréotypes où, faute d'un temps de pose suffisant, seuls l'immobile et l'inerte restent gravés sur la plaque, cependant que le mouvement et l'humain, le fugitif en somme, se sont effacés sans laisser de trace : une rue unique et droite entourée de maisons basses, une église avec un clocher aigu orné d'un drapeau de fer-blanc, une halle de marché supportée de poteaux de bois, une auberge de village à la cour de remise encombrée de carrioles et de balles de foin ; avec en plus, pour tout signe d'activité un peu supérieure, l'enseigne dorée d'un notaire et les bocaux de verre coloré d'un pharmacien !

Le commissaire soupira :

"En un sens, nous avons de la chance. Une femme adultère, n'est-ce pas plus excitant que tous ces chats crevés que nous traitons d'habitude ?

— Quelle femme adultère ?

— Ah, c'est vrai : Larivière n'en a rien dit devant toi ! Eh bien, Remi, cette femme qui a pris le poison, cette épouse du petit officier de santé Bovary, non seulement elle avait fait des dettes et on allait saisir sa maison ; mais encore elle trompait son mari par-dessus les moulins !

— Comment le sait-on ?

— Mais on sait tout dans ces villages !" s'exclama Delévoye, avec un gros rire sonore en disant long sur les dix années qu'il venait de passer à la tête de la police du département.

Puis, retrouvant son ton de vieux militaire :

"Eh quoi, clampin ? Tu muses, tu bavardes, tu devrais déjà être chez toi à préparer ta malle ! File, ou tu nous feras manquer la diligence. D'Herville est sans doute arrivé là-bas, connais-tu seulement d'Herville ? Il a aussi peu de poil au menton que toi, mais déjà, avec ses petits flacons et ses éprouvettes, il est le meilleur de tous à la chimie et aux poisons. Sans lui, n'en déplaise à M. le préfet, je sais plusieurs affaires qui n'auraient jamais été éclaircies !"

Remi ne put s'empêcher de rire car il connaissait très bien d'Herville. D'Herville et lui avaient fait leurs études ensemble dans les mêmes classes au collège de Rouen.

"M. d'Herville et moi nous nous connaissons, dit-il enfin. Nous étions condisciples au collège. Il y a peu encore, vous nous auriez rencontrés les jours de sortie dans les rues de Rouen avec nos uniformes bleus à boutons dorés.

— Alors, s'écria le commissaire, si tu connais tout le monde, ce ne sera plus de jeu, l'affaire sera trop facile !"

Et encore ce brave vieux patron de Delévoye ne savait-il pas toute la vérité : car s'il était exact que quelques mois auparavant ils avaient tous deux par hasard traversé ensemble le gros bourg de Yonville-l'Abbaye et qu'effectivement il était l'ami de d'Herville,

Remi venait de s'apercevoir d'une coïncidence encore plus extraordinaire : *il connaissait aussi Charles Bovary*, le mari de cette femme qui était morte. De même que d'Herville, Charles (et Remi venait juste de faire le rapprochement avec le nom !) avait été élève avec lui en ce fameux collège de Rouen, un élève que du reste son manque de tenue et son faible don pour les études avaient bientôt fait chasser. Ensuite il l'avait perdu de vue. Il ignorait qu'il se fût marié et installé à Yonville.

Pauvre Charles ! Soudain Remi le revit tel que d'Herville et lui l'avaient connu au collège : sa silhouette grotesque et embarrassée, la grande casquette ridicule que lui avait confectionnée sa mère et qu'il ne quittait jamais même en classe, la timidité maladive qui lui faisait bredouiller son nom et le transformer en quelque chose d'inintelligible ressemblant à "Charbovari". Que de moqueries ! Que d'injustices ! Et apprendre qu'ensuite le pauvre diable avait été cocu !

Mais quoi ? Evoquer une coïncidence sans signification, embrouiller l'esprit de Delévoye au risque qu'ensuite il se fît assister d'un autre ? Il résolut de ne rien dire.

Peu après, en compagnie de son patron, il quittait Rouen par la voiture de Yonville.

4

Même jour, 25 mars, soir.

Il n'en revenait toujours pas. Au point que, dans le froid glacial qui régnait autour d'eux, cette pensée lui tenait presque chaud ! Lui, petit grouillot de préfecture, apprenti policier et sans doute moins encore chez M. le commissaire Delévoye, homme célèbre dans tout le département par les nombreuses affaires qu'il avait élucidées ainsi que par son caractère notablement bourru, se trouver assis avec ce même patron dans cette diligence, en route vers ce bourg oublié de tous, chargé de l'assister dans une enquête sur le suicide d'une jeune femme de vingt-cinq ans dont il ne se souvenait du nom que parce que c'était celui d'un de ses anciens condisciples au lycée de Rouen, et dont d'ailleurs il ne savait même plus à quoi celui-ci ressemblait !

"Au moins, tu n'as rien oublié ? demanda soudain le commissaire, comme si seul le rappel à l'ordre – si possible injuste – d'un subalterne pouvait l'arracher à ce qui semblait être de sombres pensées.

— Non, qu'aurais-je oublié ?

— Je n'en sais rien : ton écritoire, tes plumes ou tes encres, tes rames de papier, enfin ce qu'il faut pour traiter la moindre affaire, puisque aujourd'hui c'est ainsi qu'on travaille ! Des comptes rendus, des procès-verbaux, des rapports, voilà désormais ce qu'ils veulent !

— Je crois que j'ai tout."

Pour autant Delévoye n'en fut point apaisé :

"Une *contre-enquête* ! grommelait-il entre ses dents. Une contre-enquête, alors qu'il n'y a même pas eu de début d'enquête !"

Enfin, toujours sans doute pour se changer les idées, il fit glisser le hublot à demi bloqué par le gel par lequel on pouvait parler au postillon :

"Holà, cocher, est-ce que tes chevaux dorment ? Ta voiture est glaciale, sais-tu que nous allons geler s'ils se traînent à l'allure à laquelle ils vont ?

— La neige a repris, monsieur le commissaire. Si elle continue, nous risquons d'être bloqués, ce qui ne serait pas drôle cette nuit.

— Eh bien, va toujours !

— Tant que je pourrai, monsieur le commissaire !"

Delévoye alors se pencha pour faire redescendre le carreau et, l'espace d'un instant, éclairée par le lumignon de la diligence, son haleine traça un halo fumeux autour de son visage.

"Foutue voiture ! dit-il. Quand je pense que d'Herville nous a pris celle de la préfecture !

— Elle ne vaut pas mieux que celle-ci, monsieur le commissaire. Et vous savez bien que c'était à lui d'arriver en premier.

— Arriver avant nous, pour quoi faire ? Constater que cette femme est morte et c'est tout.

— Il s'agit d'autre chose, monsieur le commissaire.

— Eh bien, nous verrons ! Plus vite nous aurons fini et mieux cela vaudra."

A chaque instant la neige et la boue entravaient la marche du véhicule. En outre il était clair que la diligence dont ils étaient ce soir-là les seuls passagers – une grossière patache à caisse noir et jaune appelée l'*Hirondelle* et assurant la liaison régulière Rouen-Yonville trois fois la semaine – était loin d'être en bon état. Justement ils pestaient contre l'état de ses ressorts quand tout d'un coup, à une lieue de leur point d'arrivée, l'un de ceux-ci cassa.

Le temps qu'ils descendent, que le cocher, un dénommé Hivert, détèle, qu'il tente une réparation provisoire, etc., la nuit était complètement tombée. Frigorifiés, ils allaient remonter dans la diligence quand tout d'un coup, annoncée par un grondement de tonnerre et surgissant de l'obscurité comme la foudre d'un orage, parut une voiture à peine éclairée qui venait dans l'autre sens et fondait sur eux à la vitesse de l'éclair.

"Enfin, quelqu'un pour nous secourir !" s'écria le cocher, et il se précipita sur la route, agitant sa lanterne.

Mal lui en prit, car, tirée par quatre chevaux vigoureux lancés à plein galop, la voiture passa dans un monstrueux cliquetis de ferraille au ras de la leur ; elle manqua au passage de les écraser tous les trois, les gratifiant en supplément d'un jet de boue et de neige glacée.

"Gare !"

A peine, brandissant leur propre lanterne, avaient-ils eu le temps d'entrevoir les passagers que la voiture contenait : deux ou trois femmes en toilette comme au retour d'un bal, un homme en frac, écharpe blanche et haut-de-forme, un postillon noir comme un démon qui en passant leur jeta un regard de colère et continua à pousser à grands cris ses chevaux en direction de Rouen.

Aurait-il voulu les tuer qu'il n'aurait pas agi autrement.

"Par exemple ! Ils ne se sont même pas arrêtés !

— Je connais cette voiture, dit Hivert. Ce sont des gens de Rouen venus visiter leurs amis du château de la Vaubyessard ou même de plus loin. Leur fête achevée, ils repartent à la nuit et alors roulent au galop comme des fous sans s'occuper du pauvre monde qui va sur les routes.

— Et l'homme qui menait les chevaux, sais-tu qui c'est ?

— Non, mais c'est toujours le même. Et qui conduit comme un diable !"

A nouveau Hivert s'affaira à la lueur de son falot autour de l'*Hirondelle* et annonça qu'il avait réussi une réparation provisoire. Il prit ses chevaux par la bride et, dans la nuit, la voiture vide s'ébranla précautionneusement, ses deux passagers suivant à pied, lanterne à la main, trébuchant sur le sol glacé.

Devant eux la route avait pris une allure mystérieuse. Entourée d'arbres restés ténébreux malgré leur couverture de neige, coupée d'énormes ornières, elle s'encaissait dans un ravin qui menait vers ce qui semblait être un vallon. Elle était pleine d'embûches et plongée dans la plus grande obscurité. Des ruisseaux gelés, des congères, un arbre abattu leur barrèrent le chemin. De sorte que ce n'est qu'après une heure que, tout crottés et transis, ils arrivèrent dans la cour de l'auberge, lieu de destination de la diligence, au moment où, étonnée du retard du véhicule, la mère Lefrançois, propriétaire de l'endroit, allait envoyer de l'aide.

On les entoura. Apparemment le postillon Hivert avait sa fierté. Il paraissait furieux qu'on ait voulu leur porter secours :

"Eh quoi ? s'exclamait-il. Ces deux messieurs et moi, n'étions-nous pas capables d'arriver tout seuls ?

— Allons, dit la mère Lefrançois, n'avais-je pas le droit de m'inquiéter ? N'y aurait-il plus de loups ou de brigands sur nos routes de Normandie ?"

A sa façon Hivert raconta leur mésaventure. Il mentionna les invités d'un château voisin qui se seraient hâtés vers Rouen et auraient failli les renverser. Cependant la vieille haussa les épaules et grommela quelques paroles obscures concernant cette étrange chevauchée, paroles dont personne ne sembla se soucier de saisir le sens.

"Quand je vous dis que ce n'étaient que des retardataires !" protesta Hivert.

Pourtant, comme pour conjurer quelque autre explication possible, il appela la fille de l'auberge qui arrivait au même moment avec un plateau et avala d'un coup le verre d'eau-de-vie qu'elle lui tendait. Puis il fit un grand signe de croix.

"Et nous, s'écria Delévoye, ne méritons-nous pas la goutte ? Nous aussi, l'hôtesse, avons failli laisser notre vie par ce froid glacial sur la route !"

Delévoye il est vrai – mais est-ce le moment de le décrire ? – avait tout ce qu'il fallait pour impressionner l'hôtesse qui pourtant, dans sa clientèle de rouliers et de paysans, en voyait passer d'autres : une taille colossale, un teint fleuri, de la faconde, une capote de drap bleu boutonnée jusqu'au cou qui sans doute remontait à Napoléon et la déroute de la Grande Armée, un chapeau haut de forme en poil de castor tout poudré de neige, qui sûrement avait connu de meilleurs jours.

"Ah, monsieur Delévoye, pardonnez-moi, je ne vous avais pas reconnu ! Etes-vous venu *pour l'affaire*? Et ce jeune homme aussi ?"

Instantanément, sur un signe d'elle, un verre du même élixir fut versé aux deux arrivants. Et pour un temps exorcisa leur aventure de la nuit.

5

La rumeur s'était répandue et le petit bourg était en alarme. Un médecin légiste de Rouen était là, la police était arrivée. On enquêtait sur le décès de l'épouse de l'officier de santé du village.

Bien que l'heure fût tardive, les notables s'étaient réunis au Lion-d'Or, l'auberge de Mme Lefrançois. Un grand feu éclairait la salle principale, au-dehors un fagot de fougères planté au bout d'un balai au-dessus de la porte indiquait qu'on servait à boire. Le seul absent était M. l'abbé Bournisien, curé du bourg, qui avait jugé indigne de ses fonctions sa présence en un lieu public.

Le teint fleuri et rougeaud, la classique boucle d'or fixée à l'oreille droite, son bonnet de coton enfoncé jusqu'aux oreilles et un grand mouchoir rouge noué autour du cou par-dessus une blouse bleue fraîchement empesée, M. Tuvache, maire, dans la tenue complète du propriétaire-fermier aisé de Normandie, présidait la réunion, son œil rusé ne quittait pas un instant chacun des participants.

"Mes amis, déclara-t-il, jusqu'à ce jour notre petite cité n'avait pas connu le scandale. Or voici que deux *docteurs* venus de la ville ont demandé hier une enquête sur la mort d'une de nos concitoyennes ! La police est ici, en cette auberge même du Lion-d'Or. Après un incident sans gravité sur la route vite réglé par notre M. Hivert, elle se rafraîchit (se rafraîchit si l'on peut dire !) et paraîtra à l'instant."

Juste à ce moment, comme par un effet de théâtre, les visiteurs de Rouen se présentèrent en haut de l'escalier : un Delévoye massif qui n'avait quitté ni son robuste manteau tout imbibé d'eau ni le gros parapluie solidement roulé dont tantôt il se servait comme d'une canne et tantôt comme d'une massue pour assommer les malfaiteurs ; un Remi en redingote, porteur d'un cahier de notes et d'une écritoire ; un d'Herville, cravate haut montée et admirablement blanche au-dessus d'un habit noir, cheveux et favoris si soigneusement brossés que jamais on n'aurait pu imaginer qu'il venait de passer trois heures de rang, mains plongées dans le sang et les produits chimiques, à expertiser un cadavre et en prélever des échantillons.

Tel cependant était le jeune médecin légiste de la préfecture : sourire angélique, visage adorable et poupin, fines lunettes dorées, favoris bouclés et cheveux longs, tout enfin ce qu'on imaginerait d'un poète, d'un musicien, non d'un médecin. Et, sans la trousse que comme par mégarde il tenait à la main, jamais l'on n'aurait soupçonné le métier qu'il faisait.

Pour tous Tuvache résuma ce qui déjà pouvait être appelé la version officielle : Mme Bovary menant à Yonville une vie paisible et heureuse, dans la seule fréquentation de la *bonne société* du bourg ; son mari, jeune officier de santé plein d'avenir apprécié de tout le canton ; le poison mortel qu'elle avait pris sans raison apparente et sans doute – chacun l'espérait – par accident ; le désespoir d'un époux aimant de retour de sa tournée quotidienne et découvrant le drame ; les soins qu'il lui avait prodigués avec l'aide du pharmacien Homais et de son épouse ; l'arrivée de deux médecins de la ville appelés en hâte et le tragique décès de la patiente. Etc.

Puis, soutenu par ses administrés dont chacun opinait de la tête, il osa hausser le ton :

"Et donc, messieurs, à quoi assistons-nous depuis quelques heures ? Nos deux beaux docteurs de la ville envolés d'un seul coup sans laisser ni trace ni permis d'inhumer, la police du département accourue pour une défunte dont – je parlerai ici entre nous – il est clair que, malgré la version de l'accident domestique que nous avons répandue par respect pour la population, elle s'est malheureusement supprimée elle-même ! Nul ici ne la jugera et tous nous plaignons son mari, cependant chacun sait qu'elle ne se plaisait pas dans ce bourg et le méprisait ; que par des dépenses excessives et peut-être une inconduite secrète elle a ruiné M. Bovary ; qu'en tout cas il s'agit d'une affaire privée ne regardant que son époux ou à la rigueur M. l'abbé Bournisien son confesseur, mais certainement pas la police qui pourtant est venue jusqu'ici."

Rongeant son frein, Delévoye se préparait à répondre vertement. Par bonheur d'Herville prit la parole en premier :

"Ce que dit M. le maire est d'évidence, reconnut-il, mais peut-on blâmer deux médecins de bonne foi qui, en pure conscience et dans l'exercice de leur profession, ont cru devoir retarder l'établissement d'un document qui, quand justement il sera établi, laissera ici chacun rassuré ? Du reste je puis d'ores et déjà vous annoncer que mon analyse est terminée, et que l'on peut procéder à l'inhumation.

— Nous pouvons donc, interrompit Tuvache, prévenir M. le curé Bournisien et faire enterrer demain ?

— Assurément.

— Mais ce poison qu'elle aurait pris, fit une voix aigre anonymement sortie de l'assistance, d'où provient-il ?

— Et ces traces de coups dont tout le monde parle ? dit une autre voix.

— En ce village on ne bat personne", fit une troisième.

A nouveau le jeune médecin fit la preuve de son angélique patience :

"Sur ce point, dit-il, souffrez que nous ne puissions encore répondre. Ce soir nous confirmons seulement qu'il n'y a plus d'obstacle à l'inhumation.

— Et que nous, ne put s'empêcher d'ajouter Delévoye, nous commencerons dès demain notre petite enquête.

— Quelle enquête ? demanda Tuvache, l'air surpris.

— Oh rien, répliqua Delévoye. Une… comment dire ? simple *enquête de proximité*.

— En ce cas nous serons à votre disposition", répondit Tuvache, lui jetant un regard torve.

Chacun sortit. Delévoye se retrouva seul avec d'Herville et Remi.

"Alors, votre opinion ? demanda-t-il à d'Herville.

— Quelle opinion ?

— Sur l'affaire naturellement.

— Je suis médecin, pas policier. Mon avis ne peut être que technique.

— Justement, votre avis technique. Suicide ou meurtre ?

— Mon avis vraiment ?

— Oui.

— Eh bien, au risque de décevoir M. le préfet et ceux qui nous envoient (et alors un sourire un peu plus ironique que son sourire ordinaire se dessina sur ses lèvres), je me risquerai à déclarer que, n'était le témoignage formel de mes distingués confrères de la faculté de médecine, j'opterais quant à moi pour un suicide, et même un suicide tout à fait classique. Le sujet avait vingt-cinq ou vingt-six ans, son état général était bon, c'était une femme fort jolie et semblant bien établie, avec de-ci de-là, du moins à ce que j'ai cru entendre dire, d'assez forts soucis de cœur ou d'argent. Quant au décès lui-même, il est dû à une forte ingestion d'arsenic – cet arsenic vulgaire que chacun peut se procurer sur ordonnance dans n'importe quelle pharmacie, au prétexte de soigner sa vérole ou de fabriquer de la *mort-aux-rats*.

— Les quantités ingérées sont-elles suffisantes pour avoir provoqué la mort en une seule fois ?

— Oui.

— Et ces traces de violence physique dont Canivet a parlé ?

— Indéniables mais superficielles. Apparemment causées par des instruments *contondants*, mais peut-être aussi, l'agonie ayant été douloureuse, par le simple fait que dans son délire cette femme a pu se débattre ou simplement heurter des meubles. Rien en tout cas qui fasse soupçonner que la mort ait pu être causée par elles.

— Est-ce bien l'épouse de ce Bovary que toi et moi avons connu au lycée ?" intervint Remi.

Delévoye s'esclaffa :

"Ah bon, dit-il, parce que toi aussi, Remi, tout comme M. d'Herville, tu connaissais ce Charles Bovary ?

— Lui mais non sa femme, dit d'Herville, et Dieu sait si d'après mon souvenir le pauvre garçon ne méritait pas un tel malheur ! Un camarade de collège un peu simplet, tout juste bon à faire ensuite un brave homme, vous voyez ce que je veux dire."

Il s'arrêta puis reprit :

"L'auberge sert à souper dans une heure. Voulez-vous qu'en attendant, nous passions dans la maison de la défunte ? J'y ai fait mon autopsie et en ai gardé la clef. Le corps y repose.

— S'il repose…, objecta Remi.

— Aucun problème, répondit d'Herville. Vous me laisserez faire les présentations."

Tous trois sortirent. Transi de froid, le gendarme qui de Rouen avait conduit d'Herville était en faction devant la maison. La porte d'entrée s'ouvrit avec un grincement, un seuil de bois mal ajusté craqua sous leurs pas, ils traversèrent un petit vestibule obscur avant de pénétrer dans le salon où avait opéré leur Esculape. Les rideaux en avaient été tirés, les volets étaient clos, mais à l'intérieur deux grands flambeaux entretenaient une lumière a giorno. Du feu pétillait dans une cheminée devant laquelle, sans façon, Delévoye mit son grand parapluie à sécher.

L'intérieur était confortable et, sans cette odeur de formol qui d'emblée vous prenait à la gorge, sans ces cuvettes et ces brocs de zinc disposés en désordre, sans surtout cette longue chose rigide masquée de draps et étendue sur une table qu'on avait dû tirer de la salle à manger voisine, on se serait cru à quelque visite ordinaire dans une maison bourgeoise de province. Une pendule à balancier battait, des bûches craquaient au feu. En bas, comme si quelque active cuisinière se fût affairée, un tintement presque joyeux de flacons et d'instruments métalliques retentissait, sans qu'on pût deviner si c'était un aide nettoyant les instruments du médecin légiste ou bien autre chose.

"C'est Félicité leur bonne, dit d'Herville. Elle prépare la veillée mortuaire qui est prévue et à laquelle nous devons laisser place. Pour moi, j'en avais presque terminé. Et n'ai plus qu'à recoudre pour rendre le corps présentable !"

Le résultat de son travail, une dizaine de bocaux contenant les prélèvements, était aligné sur la cheminée. Chaque pot était scellé à la cire, les étiquettes soigneusement calligraphiées.

"Voulez-vous, continua-t-il, les premières conclusions officielles du rapport que je vais déposer ? Empoisonnement donc par ingestion de poudre d'arsenic dissoute dans de l'eau. Ecchymoses au cou et sur le corps, comme je l'ai dit peu significatives et, vu l'aspect des vaisseaux, antérieures d'au moins plusieurs heures au décès. Détail non relevé par mes confrères – mais la chose est naturelle, ils n'avaient pas à procéder à l'examen approfondi du corps : de conséquentes griffures et des marques de boue sur les jambes et le bas de la robe. Comme si elle avait couru la campagne avant de mourir, vous voyez ? Autre détail : elle s'est couchée (ou bien on l'a couchée) tout habillée, dans des vêtements encore mouillés que je lui ai enlevés et qui sont là. Je ne sais ce que ça veut dire, mais j'ai pensé que cela pouvait vous intéresser.

— Allez, petit, retire le drap", fit Delévoye.

C'était son premier cadavre d'affaire criminelle et Remi en eut le cœur serré. On n'avait point refermé les yeux de la jeune femme. Bien que morts ils vous fixaient, gardant quelque chose de l'égarement ou des visions des derniers instants. Les longs cheveux bruns, magnifiques, étaient dépeignés et étendus sur la table. Des souillures mal essuyées demeuraient au coin de la bouche et tachaient des dents de perle. Le visage restait beau et jeune, orné d'une sorte de sourire.

Comme il continuait de soulever le drap, le reste du corps parut. L'incision de l'abdomen était précise, montrant les principaux organes, préparés ou plutôt *parés* comme pour l'exposition dans quelque vitrine de boucherie de luxe. Ou encore, plus classiquement, pour l'une de ces méticuleuses *représentations anatomiques* de cadavre en carton-pâte ou en cire que l'on exhibe en Faculté pour l'instruction des carabins. La peau était livide. Marquée de coins d'ombre ou au contraire impudiquement accentuée par la lumière grasse et jaune des bougies, elle rappelait ces tableaux d'église en *clair-obscur*, où les saints martyrisés des premiers temps sont représentés, leurs corps gisant nus, veillés par des vierges porteuses de flambeaux.

De l'ébauche de rapport qu'il entendit ce soir-là, Remi garda un souvenir précis, ce qui fut heureux, car ensuite, comme mainte pièce concernant cette affaire, le document que déposa d'Herville à la préfecture disparut, mystérieusement *émondé* du dossier. Fut-il déplacé, détruit, subtilisé – pour quelles raisons ? Le cherchant à son retour à Rouen avec d'autres papiers concernant l'affaire, Remi constata simplement qu'il n'était plus là.

D'abord d'Herville y décrivait la victime comme une jeune femme aux longs cheveux bruns et à la taille moyenne, âgée de vingt à vingt-cinq ans (en fait elle en avait un peu plus de vingt-cinq). Il rappelait que si le poison avait été absorbé dans l'après-midi du 23, la mort remontait au lendemain 24 mars, en début d'après-midi. Elle avait donc agonisé toute la nuit puis le matin qui avait suivi.

En premier lieu le rapport constatait la raideur cadavérique caractéristique, *rigor mortis*, les yeux restés ouverts et légèrement exorbités, les humeurs suintant aux deux coins de la bouche. D'abondantes traces de vomissures et d'eau se trouvaient sur le cadavre où l'on relevait sans peine cinq petites contusions dont trois avaient été identifiées par Canivet, l'une étant sur le cou, deux sur le torse, une sur l'avant-bras et une sur la cuisse.

Ces traces, ajoutait le rapport (et cela, Delévoye comme Remi purent le vérifier personnellement), formaient un dessin net, avec un angle d'attaque caractéristique. Il s'agissait d'impacts assez semblables les uns aux autres, ce qui éliminait probablement l'hypothèse d'une chute accidentelle ou de blessures faites par une malade se débattant. En revanche elles accréditaient plutôt celle de coups portés par un instrument contondant de forme arrondie et de dureté moyenne tel que manche d'outil, pommeau de canne, rouleau à pâtisserie, etc. Elles pouvaient être aussi l'œuvre d'un poing humain mais, n'ayant noté aucune empreinte précise de phalange, d'Herville penchait plutôt pour un outil.

Ouvrant l'estomac, d'Herville y avait trouvé une assez forte quantité de poudre d'arsenic : trente grammes ou environ, sous forme de granulés blancs à demi mélangés au suc gastrique et à des émétiques apparemment utilisés pour la faire vomir. A elle seule cette dose, complétée par l'analyse des cuvettes où Emma Bovary avait vomi, était largement mortelle, ce qui confirmait l'opinion de Larivière que les coups (si c'étaient des coups) étaient *concomitants* au décès, c'est-à-dire que, bien qu'ayant peut-être un lien avec lui, ils n'en étaient pas la cause directe.

Ensuite d'Herville avait procédé aux prélèvements habituels : fragments de l'œsophage, de l'estomac, du duodénum, le tout pour savoir si aucune autre prise de denrée dangereuse n'avait précédé l'ingestion mortelle de l'arsenic. Matières et humeurs avaient été disposées dans les bocaux scellés qu'il remporterait avec lui le lendemain au laboratoire de Rouen.

Les pieds et les mains de la défunte étaient griffés de ronces et d'épines, comme si, ainsi qu'il l'avait dit, la défunte eût couru la campagne avant de mourir. Les pieds avaient été revêtus de petites bottines d'un cuir fin tout souillé et impropre à une marche sur un terrain détrempé de neige et qu'en effet, détail curieux, personne n'avait jugé utile de lui retirer avant que d'Herville ne le fasse. La partie inférieure de la robe en fine laine, déposée par le même, contenait des fragments de ronces et d'épines que l'on retrouvait à l'identique mêlés à la chevelure ainsi que sur un châle dont elle semblait s'être drapée. Le jeune médecin notait à nouveau qu'on ne l'avait point déshabillée pour la secourir. Seule chose non mentionnée dans son rapport (mais quel fonctionnaire, quel employé de la préfecture ce genre de détail eût-il intéressé ?) : l'exceptionnelle beauté de la jeune femme.

"Où diable une petite dame comme ça peut-elle vouloir s'en aller ainsi galoper avant de mourir ? demanda Delévoye en repliant le drap. Qui court la campagne un jour d'hiver, avec ce genre de mignonnes chaussures et un pied de neige ou de glace sur les chemins ?"

D'Herville rangeant son matériel avec sa méticulosité habituelle, le commissaire et Remi se mirent à examiner la pièce où ils se trouvaient. C'était un salon rectangulaire de dimension moyenne, tapissé d'un papier à l'indienne, meublé avec assez de goût et même, pour un petit bourg de province, une évidente prétention. Des rideaux neufs à embrasses entouraient deux fenêtres donnant sur la rue et pour le moment obscurcies par des volets ; le mobilier était en acajou, quatre fauteuils et un pouf recouverts de soie jaune, une petite table plus un piano et ses partitions. Une pendule à Amours et deux lampes du système Carcel à pétrole étaient posées sur la cheminée, cependant qu'une sorte de corbeille située près de l'un des fauteuils contenait une pelote à aiguilles plus quelques exemplaires de journaux souvent feuilletés. Remi en lut les titres : *La Corbeille*, "journal pour dames" ; et aussi : *Le Sylphe des salons*.

Mais surtout les frappa le grand tableau entouré d'un cadre doré ovale qui trônait au mur et sans doute représentait la victime. Celle-ci était peinte assise dans la pièce même où ils se trouvaient, sous la forme conventionnelle d'une jolie jeune femme brune, heureuse et sage. Une robe de soie d'un bleu moiré découvrait les mêmes épaules qu'ils venaient de voir exposées sur la table. D'une main la jeune femme retenait un ouvrage de broderie, de l'autre un livre ouvert dont on ne pouvait lire le titre. Manifestement impressionné par les yeux exceptionnels avec lesquels elle le regardait tandis qu'il la peignait*, l'artiste à plaisir en avait accentué la profondeur et la chaste transparence.

"Un rêve d'épouse, soupira Delévoye, resté inconsolable de la perte de la sienne survenue quelques années plus tôt.

— Je connais le peintre, dit d'Herville, il est du Havre. Chaque année, pour les foires, il fait le tour des beautés du département et pour trente francs

---

* Tableau du peintre local Edouard Dubuffe (1819-1883), actuellement au musée de Rouen.

offre de faire leur portrait à leur mari. Quand on pense que c'était la femme de Charles, tu te souviens, Remi, ce gros benêt de nos classes du lycée ? Comment un garçon aussi parfaitement imbécile a-t-il pu se dénicher une pareille beauté ? Il n'avait même pas de fortune !

— Aux innocents les mains pleines.

— Oui, mais gare aux mêmes innocents si on leur vole ce qu'ils avaient en main et les rendait heureux. Alors ils se changent en tigres !"

Surpris, Remi se tourna vers d'Herville :

"Voudrais-tu dire que Charles… ?

— Non."

Pourtant, ils y avaient pensé tous les deux en même temps. A ce moment la pendule sonna neuf heures et les flambeaux, épuisés, menacèrent de s'éteindre. Delévoye dut battre le briquet et d'Herville finir ses coutures aux chandelles. Rabattant ensuite le drap sur la jeune femme, ils la montèrent jusqu'à son lit dans la chambre du haut. Tout y était préparé pour la veillée traditionnelle à laquelle, Charles étant trop affecté pour s'y rendre, ne participeraient que M. et Mme Homais – les meilleurs amis de la victime –, le maire Tuvache et M. le curé Bournisien.

La lumière et le feu avaient été laissés dans la chambre, et une veilleuse de porcelaine arrondissait au plafond sa clarté tremblante. Rhabillant la femme du mieux qu'ils pouvaient (les gros doigts timides de Delévoye sur la robe et ce corps délicat !), ils l'étendirent, toujours recouverte du drap. D'Herville redescendit prendre ses bocaux et ses instruments, et alors il ne leur resta plus qu'à revenir à l'auberge où le souper avait dû être organisé.

Traversant à nouveau la grand-rue pour regagner le Lion-d'Or, Remi ne put s'empêcher de noter un certain nombre de détails comme si, malgré leur absence certaine de signification, ils pouvaient constituer autant d'indices : une nuit d'un noir d'encre ; une température tombée à plusieurs degrés au-dessous du zéro de l'échelle de Réaumur ; la rue couverte d'une couche de verglas formant comme un vernis. Qu'il était heureux qu'Hivert ait pu les mener à pied jusqu'à Yonville, et qu'ils n'aient pas eu à passer la nuit à grelotter dans la vieille *Hirondelle* !

A l'auberge une soupe, des œufs, du lard, des pots de cidre les attendaient. Le charron du village n'avait pu réparer complètement et Hivert avait annoncé qu'il retournerait le lendemain à Rouen faire réviser la diligence. Lassé de la voiture de la police ou peut-être du gendarme qui la conduisait, d'Herville indiqua que lui-même et ses bocaux repartiraient avec elle.

Le souper terminé, Delévoye et d'Herville montèrent se coucher. Malgré sa fatigue et mû par je ne sais quelle curiosité, Remi se décida à risquer quelques pas au-dehors. Enfilant sa houppelande, il sortit, n'ayant vu jusqu'ici du petit bourg que son unique rue obscure et quelques médiocres maisons alignées face à l'auberge. Brancards en l'air, une charrette dételée attendait devant ce qui devait être la boutique du charron. A droite de l'auberge, œuvre probable des enfants, se trouvait un tas de neige figurant un difforme bonhomme, yeux marqués par deux bouchons de cidre, pipe au bec et grotesque balai à la main. Nulle lumière ne paraissait aux fenêtres, aucun quinquet n'était allumé, sous les pas de Remi le sol gelé craquait comme une gaufre. Une buée chaude sortait de ses lèvres, se mêlant à une autre, celle, glacée, qui sans doute montait d'une rivière et avait envahi le village. Autour de lui froid, silence, obscurité, engourdissement, stupeur – sauf l'épisode burlesque d'un gros chat dissimulé il ne sut où qui tout d'un coup fila entre ses jambes avec une vigueur incroyable.

Cependant, au travers de la brume, une lumière parut, annonçant la maison Bovary. Les volets en étaient ouverts, la fameuse veillée du corps avait commencé. Au travers des fenêtres dont les carreaux étaient frottés de givre, la chambre mortuaire brillait telle une chapelle illuminée. Trois silhouettes, trois statues si je puis dire, s'y distinguaient : la première, assise en méditation les mains jointes ou peut-être simplement endormie, était celle d'une femme sévère en robe noire – probablement la femme du pharmacien Homais –, vivante image de la vertu triomphante assise en pleurs au chevet du péché terrassé. Au plafond montaient des vapeurs, celles sans doute de pastilles balsamiques chargées d'assainir l'atmosphère et évoquant des fumées d'encens. Deux hommes, l'un en costume ecclésiastique qui devait être le curé Bournisien, l'autre le pharmacien M. Homais, s'occupaient à leur façon. Deux verres et une bouteille de ce qui était probablement un cordial placés devant eux, ils battaient les cartes sur une table, aux prises avec une partie de bésigue ou d'écarté. A côté sans doute (mais invisible aux yeux du passant) devait être étendu le corps de la jeune femme et Remi essaya de l'imaginer : la pose de madone, le corps martyrisé revêtu à nouveau de sa robe ; les souliers de mariage dans lesquels, suivant la coutume, on l'enterrerait le lendemain.

Il approcha encore. Vaincu par le froid, le gendarme de d'Herville avait déserté, s'allant réfugier en quelque endroit chaud, mais quelqu'un d'autre l'avait remplacé ! A sa place, à peine vêtu et tout grelottant, un gamin blotti dans l'obscurité observait les fenêtres éclairées avec une sorte d'anxiété attentive. Qui était-il, pourquoi se trouvait-il là ? Remi n'eut pas le temps de le lui demander. Car, à peine découvert, il détala dans l'obscurité.

Quelque temps le bruit des sabots du gamin retentit sur la glace, puis fut remplacé chez Remi par les battements précipités de son cœur. Regagnant l'étage du Lion-d'Or, il y trouva un d'Herville pas encore couché. Sa porte sur le couloir restée ouverte, celui-ci procédait à ses ablutions à la lueur d'une chandelle, un broc d'eau chaude lui ayant été monté de la cuisine en même temps que les bouillottes. Rinçant ses mains et les secouant d'un geste d'accoucheur qui a terminé son travail, il les essuya d'une grosse serviette tiédie au feu. Puis, fixant Remi avec une sorte d'affection fraternelle, il lui dit :

"Il y a une chose que je n'ai pas voulu dire tout à l'heure devant Delévoye car il m'aurait déplu que ça traîne dans les rapports ou que ça soit utilisé en audience. Et qu'un jour ce pauvre Bovary pût le lire !

— Ah oui, c'est quoi ?

— Voici : examinant le cadavre de cette femme, je me suis aperçu qu'elle était enceinte de cinq mois."

6

"Et la *Chasse Hellequin*, à laquelle ils se sont probablement heurtés en haut de la côte avant leur arrivée et qui a failli les renverser, faut-il leur en parler, monsieur le curé ?

— En parlent-ils eux-mêmes ? Non. Croyez-moi, maître Tuvache, ne mêlons pas pour le moment la police à des choses qui, si elles existent, regardent plus probablement Satan et ses démons que la force publique. L'affaire est compliquée, ne la compliquons pas davantage ! De plus ces gens sont de la ville : ils accuseront encore notre pauvre pays de superstition !

— Vous avez raison, monsieur le curé."

7

Yonville, lendemain, 26 mars.

Malgré ce que le journal avait écrit et ce que feignait de croire le curé – mais surtout aussi parce que personne dans la petite ville n'aurait pu oser imaginer un meurtre –, chacun avait son idée sur les vraies causes de la mort : c'était un suicide, pas un accident ! Pourtant, malgré l'interdit de l'Eglise sur l'enterrement chrétien d'un suicidé, tout semblait arrangé pour que la cérémonie se déroulât conformément aux traditions, digne en tous points de la mise en terre d'une épouse de notable en Normandie.

"Pauvre petite jeune femme, disait l'un. Il est vrai que son mari n'était point drôle.

— L'argent, disait l'autre. S'endetter pour acheter des fanfreluches !

— Elle s'était compromise, disait un troisième. Ces choses-là finissent toujours mal."

La cloche tintait, le cortège sortait de l'église. La saison d'hiver était finie depuis longtemps, pourtant la veille il avait encore neigé et le froid continuait. Six hommes, trois de chaque côté, portaient la bière en haletant un peu. Deux prêtres, des chantres, des enfants de chœur marchaient derrière, chantant le *De profundis*. Des femmes suivaient en mante noire à capuchon rabattu, dans la main un cierge allumé. Venait ensuite le mari, le fameux Charles, un gros jeune homme au visage couvert d'un mouchoir à carreaux ressemblant à un torchon de cuisine et recueillant ses larmes, engoncé dans ce qui avait dû être son costume de mariage. Puis le reste de la population, lui aussi embarrassé de ses habits de deuil ou de cérémonie.

La vie dans le bourg s'était arrêtée. Les commerçants avaient replié leur étal, le glas sonnait au clocher de l'église. Un soleil froid jeta un coup de lumière sur le paysage alentour entièrement poudré de blanc, un vol de corneilles rasa les toits, le ciel se teinta de clartés inattendues. A nouveau abusée sur sa date de sortie, une nouvelle génération d'iris avait risqué une tête immédiatement fauchée par la mort, entre les plaques de neige qui par endroits couvraient les toits.

Il était vrai que ce mois de mars était étrange. Si un tel froid pouvait revenir à l'improviste, à quels *saints de glace* désormais se fier ? En ce domaine comme dans d'autres, la fameuse douceur normande n'était-elle plus qu'une légende ?

D'Herville était reparti le matin même à Rouen avec Hivert. Mêlé à l'assistance mais reconnaissable à sa haute taille ainsi qu'à son gigantesque parapluie, le commissaire Delévoye regardait le cortège franchir le porche de l'église. Debout et silencieux, bras croisés dans sa mince redingote noire (il n'avait pas voulu mettre sa houppelande), Remi se tenait à ses côtés et observait.

Escorté de son adjoint le percepteur Binet, un ancien militaire qui cumulait cette charge d'adjoint avec celle de capitaine (honoraire) des pompiers, le maire Tuvache s'était placé à côté d'eux. Le permis d'inhumer accordé et d'Herville reparti, Tuvache et Binet affectaient de juger l'affaire close, pourtant ils s'étaient entendus pour ne pas quitter les deux enquêteurs d'une semelle, sait-on jamais avec de telles gens ? Et chaque fois que quelqu'un passait devant leur groupe, ils donnaient son nom – le plus souvent avec commentaire.

"L'homme en noir qui vient en tête, juste derrière le mari de la défunte, dit le maire, c'est M. Homais, notre pharmacien de première classe. Vous en avez certainement entendu parler.

— Je n'ai pas cet honneur, répondit Delévoye.

— Un homme de progrès et de science, l'une des lumières de notre canton ! Correspondant en outre de la plupart des journaux du département, l'article sur l'enterrement de la défunte qu'il fera dans *Le Fanal de Rouen*, vous en verrez la prose !

— Je ne lis jamais le *Fanal*", déclara superbement Delévoye.

Belle quarantaine, chapeau bas de forme, manteau ou plutôt carrick noir, visage fortement marqué de petite vérole, jarret tendu comme celui d'un gymnaste à l'exercice, souliers de castor, M. Homais passa au pas de charge, suivi de ce qui devait constituer sa famille : une femme anguleuse, un garçon mal mouché, une jeune fille au nez pointu, plus un petit drôle vêtu en garçon de boutique qui probablement était leur serviteur et qui, avec à ce qui semblait des larmes aux yeux, courait derrière eux pour les rattraper.

Venait ensuite un homme distingué plus âgé, porteur d'épais favoris roux, d'une paire de lunettes dorées, haut-de-forme et paletot à l'anglaise. Arrivé à leur niveau, il les salua cérémonieusement. Puis, avec la grâce aérienne d'un président de comice agricole qui dans une inauguration lâche un vol de colombes ou une montgolfière, il ouvrit un mince parapluie de soie noire, défi de riche à la grossière masse des *riflards* en coton rouge ou bleu, propriété des autres assistants à la cérémonie, et dont certains déjà avaient déployé la voilure.

"Lui, c'est notre notaire, Me Guillaumin, continua Tuvache. Un homme qui sait combien ici chacun a d'argent mais n'en dira rien, quand bien même les brigands lui mettraient les pieds au feu. Derrière vient M. Rodolphe Boulanger, le seigneur du domaine de la Huchette, c'est un autre genre. Tiens ! J'aurais juré qu'il ne serait pas là."

Qualifié de seigneur par Tuvache, M. Boulanger offrait un visage de bellâtre avantageux, orné d'une belle moustache taillée en brosse. Il portait des guêtres et une tenue de chasse de velours vert par-dessus laquelle, hommage sans doute à la fois négligent et distingué à la morte, il avait sans le fermer jeté un long manteau de drap noir à collet.

D'autres suivaient : M. Lheureux, marchand de frivolités, "vilain bougre" d'après Tuvache ; M. Tellier, patron du café Français, médiocre concurrent du Lion-d'Or – et au même moment, du reste, passa l'ensemble du personnel de ce dernier établissement, parmi lequel les servantes et Hippolyte, le garçon d'écurie, claudiquant sur ce qui semblait être une jambe de bois. Puis à nouveau Justin, le petit préparateur de la pharmacie Homais, il avait dû oublier quelque chose et continuait de verser des larmes. Et Félicité, la servante des Bovary, Lestiboudois, le jardinier-fossoyeur du village ; et tant d'autres !

Impassible en apparence, Delévoye ne pouvait se passer de faire des commentaires :

"Aucun de ces personnages, glissa-t-il à l'oreille de Remi, même MM. Tuvache et Binet, et pourquoi pas ce prêtre, l'excellent M. Bournisien, ne perd rien pour attendre. Crois-moi, petit ! Sagesse policière dit vrai quand elle prétend que l'assassin revient presque toujours sur les lieux de son crime… Ainsi – mais naturellement si crime il y a eu – je te parierais volontiers qu'au moins l'un de ceux qui passent devant nous et paraissent si affligés a, dans cette histoire, quelque chose à se reprocher. Donc, clampin ! tire-moi de ta poche ton carnet et note-moi tous les noms. Tu feras convoquer demain."

La foule maintenant avait quitté l'église et marchait dans la neige. Des femmes en coiffe, des hommes en grosse blouse bleue et foulard rouge ou noir se joignaient au cortège. Le bedeau referma la porte, des chants s'élevèrent, la procession se dirigea vers le cimetière.

Un instant, au coin de la rue, vêtu d'une sorte de houppelande, un jeune homme passa, apparition assez splendide si l'on peut dire. Sa haute taille, ses yeux clairs, ses longues moustaches blondes évoquaient quelque passé de guerrier viking, un ancêtre de ces villageois de Basse-Normandie. D'où diable sortait ce personnage ?

"Qui est-ce ? demanda Remi.

— Jamais je ne l'ai vu, dit Tuvache.

— Moi je sais qui c'est, fit Delévoye. C'est Gustave, l'un des deux fils du professeur Achille Flaubert, le professeur à la faculté de médecine de Rouen. Il se croit doué pour les gazettes, il veut écrire des romans, cette idée ! Que fait-il ici, est-il à la recherche d'un sujet ? Un goujon, la gueule toujours ouverte pour gober ce qui passe à portée et le régurgiter à sa manière. Du monde à éviter !

— Ah, dit Remi, si c'est le plus jeune des Flaubert, j'en ai entendu parler. Il était un de nos anciens au collège.

— Encore une connaissance de collège ! remarqua moqueusement Delévoye. Ma parole, il en pleut comme des balles sur un champ de bataille. Iras-tu le saluer ?"

Mais déjà, apparition ou réalité, le jeune homme avait disparu.

"Gèlerons-nous encore longtemps ici ? intervint Tuvache. Allons à l'auberge, c'est un lieu plus civil que l'église et surtout le cimetière." Et il entraîna le groupe vers la porte du Lion-d'Or, où les servantes venaient de remettre en place le fagot de fougères qui l'ornait d'habitude.

Sachant son monde, la mère Lefrançois se tenait prête. Des pots d'étain brillaient sur les tables de chêne, des carafes d'eau-de-vie et des pichets de cidre qui poussaient leur mousse y étaient disposés. Chacun y alla de son commentaire et même de sa plaisanterie.

"A la morte ! dit Tuvache.

— Au veuf, dans l'espoir qu'il ne se croira pas obligé d'aller rejoindre sa femme de sitôt !" enchaîna spirituellement le capitaine de pompiers honoraire.

Et l'on trinqua dans un grand bruit de verres et de chopes qui se heurtent.

Seul Remi demeurait silencieux et abasourdi. Il se souvenait du propos ironique et même désabusé que Delévoye avait lâché sur les coupables qui, comme aveuglés par l'acte qu'ils ont commis, retournent stupidement sur les lieux de leur forfait. Si cela était vrai, se demandait-il – si vraiment il y avait eu crime –, était-il possible qu'il ait vu passer devant lui le (ou la) coupable du meurtre de Mme Bovary ? En ce cas qui était-ce ?

La liste des témoins à convoquer demandée par Delévoye commençait à se former dans sa tête : d'abord, naturellement, il y aurait Bovary, l'ancienne connaissance de d'Herville et de lui, mari surtout d'une femme sans doute un peu trop belle pour lui ; puis le pharmacien Homais et son épouse, tous deux passant pour les meilleurs amis du couple Bovary et dont de plus l'officine était le seul lieu du bourg où l'on pût légalement se procurer de l'arsenic ; ensuite Tuvache le maire, Guillaumin le notaire, même Bournisien le curé, trois hommes qui, de par leurs fonctions, devaient connaître mieux que quiconque le dessous des cartes – si tant est qu'il y eût un dessous des cartes à Yonville. Il faudrait également interroger un dénommé Léon Dupuis, ancien clerc chez Me Guillaumin à Yonville, que les premiers racontars recueillis tant auprès de la mère Lefrançois que chez certaines des servantes de l'auberge donnaient pour la dernière personne à avoir reçu les faveurs d'Emma, mais qui maintenant vivait à Rouen. Il y aurait aussi M. Rodolphe Boulanger, le châtelain de la Huchette, l'homme au grand manteau noir, que les mêmes personnes dans les mêmes racontars lui avaient présenté comme le premier séducteur de la belle – si du moins ce monsieur (il passait pour un caractère difficile) daignait se présenter aux réquisitions de la police. Enfin un M. Lheureux "vendeur de modes et de frivolités" qui, semblait-il, avait joué son rôle dans les malheurs de la victime par des achats inconsidérés qu'il lui avait fait faire et l'argent qu'il lui aurait prêté. Sans parler de toutes les servantes, nourrices, petits jardiniers, commissionnaires, etc., que la jeune femme avait employés dans sa vie quotidienne et qui peut-être aussi auraient leur mot à dire.

Tout cela ferait beaucoup de monde et beaucoup de papier à gratter. Remi espéra que Delévoye ferait son tri.

Un peu plus tard, ayant d'un seul coup d'œil embrassé la liste que Remi lui montra, Delévoye la tendit au maire Tuvache. Et il lui demanda de faire convoquer à l'auberge chacun de ceux dont le nom était porté, pour le lendemain ou les jours suivants.

8

Yonville, 29 mars, matin.

Deux jours encore, le froid frappa sauvagement le village. Au matin du troisième jour, le gel demeurant présent, le ciel se découvrit. Le temps se mit au grand beau et grand froid, un clair soleil étincela sur la neige. Et ce fut au matin de ce troisième jour que Remi la vit pour la première fois.

Clopinant sur sa jambe infirme, Hippolyte, le garçon d'auberge, était monté le chercher dans sa chambre, et alors il descendit dans la grande salle du Lion-d'Or tout illuminée des feux sanglants du matin. Là il découvrit qui l'attendait, pas plus de seize ou dix-sept ans, jolie, bien faite, un charmant petit fruit vert. Elle se tenait debout toute droite dans sa robe fraîche ; elle portait des bas bleus et des chaussures plates de paysanne ; une croix d'or brillait par-dessus un fichu d'indienne rose et bleu bien dégagé autour du cou.

Quand plus tard il prétendit que c'était la première fois qu'il la voyait, ce n'était pas tout à fait exact : la veille, il l'avait aperçue dans le cortège mais n'avait point distingué ses traits.

Maintenant elle tenait à la main une lettre qu'elle était venue lui remettre.

"De la part de M. Homais", dit-elle, et elle lui tendit une enveloppe revêtue d'une grosse écriture prétentieuse, adressée à son nom.

Il ouvrit. Le pharmacien Homais lui faisait compliment. Il s'honorait d'avoir rencontré la veille Delévoye et, comme celui-ci l'avait paraît-il promis, priait Remi de passer chez lui pour vérifier en sa compagnie que les registres de sa pharmacie étaient en ordre.

"Y a-t-il une réponse ?" demanda-t-elle, et ses yeux se portèrent sur lui avec une hardiesse et une véhémence presque aussitôt démenties par la façon dont elle rougit en recevant la réponse.

"Oui, dit-il. Répondez que j'irai voir M. Homais dès que possible."

Le même regard – une effronterie candide, de la crainte, la curiosité s'affichant dans les mêmes yeux.

"Je m'appelle Marie et suis la fille de M. Homais", dit-elle tout d'un coup comme si c'était un message de la première importance, quelque chose qu'elle ne pouvait plus retenir, un secret qu'elle devait absolument partager avec lui.

Il n'eut pas le temps de répondre. Déjà elle avait fui comme un oiseau.

II
AFFAIRE BOVARY

(Extraits de notes
prises par Remi durant les dépositions)

EMMA BOVARY, NÉE ROUAULT,

vingt-cinq ans ou environ,
épouse de M. Charles Bovary, officier de santé à Yonville-l'Abbaye (département de la Seine-Inférieure),
décédée à Yonville-l'Abbaye, le 24 mars 1846 à deux heures de l'après-midi, par empoisonnement à l'arsenic.

PRÉSOMPTION D'ASSASSINAT

Enquête confiée à la police judiciaire
le 25 mars 1846,
sur commission rogatoire de
M. le juge d'instruction du tribunal de Rouen
à M. le commissaire Delévoye.

PREMIÈRES DÉPOSITIONS

1. – M. TUVACHE, AGRICULTEUR, MAIRE DE YONVILLE

"*M. Charles Bovary,* déclare M. Tuvache aux enquêteurs, *s'est installé ici à Yonville voici quatre ou cinq ans pour exercer la profession d'officier de santé (et non de médecin diplômé, comme on l'a prétendu parfois). A cette époque M. Bovary était âgé d'environ vingt-cinq ans, madame de vingt. Tous deux achetèrent une maison située grand-rue (d'ailleurs la seule rue de Yonville).*

Malgré les agréments que la voix publique s'accorde à reconnaître à notre petite cité tant du point de vue de la beauté de ses sites que du caractère cordial de ses habitants, l'épouse de M. Bovary sembla ne point s'y plaire. Par oisiveté elle engagea des frais, s'abonnant à des journaux parisiens, faisant venir un piano et des livres de Rouen, se livrant à des dépenses en fournitures, vêtements ou meubles, particulièrement chez M. Lheureux, le marchand de frivolités établi à Yonville.

A tort ou à raison, la rumeur lui prêta bientôt certaines aventures peu compatibles avec l'état d'épouse. On la vit avec le propriétaire du domaine de la Huchette, M. Rodolphe Boulanger, puis avec M. Léon Dupuis, clerc de notaire chez Me Guillaumin. Par la diligence elle se rendait souvent à Rouen au prétexte d'y visiter sa famille. Or on a prétendu qu'elle n'a *point de famille à Rouen et qu'en fait elle logeait à l'hôtel.*

Tout à la difficulté d'établir sa clientèle, M. Bovary sembla ne s'apercevoir de rien. Pour se faire de la réclame, il entreprit d'opérer gratuitement le pied bot d'un dénommé Hippolyte, garçon d'auberge au Lion-d'Or. L'opération échoua. Hippolyte se retrouva plus estropié qu'avant, ce qui nuisit à la réputation de M. Bovary.

En ce qui concerne la mort, accidentelle ou non, de Mme Bovary, je ne sais pas grand-chose. Prévenu le 24 en début d'après-midi par M. Homais, le pharmacien, j'accourus pour trouver Mme Bovary morte, entourée de deux médecins étrangers à la ville qui n'avaient pu la sauver. Une polémique s'engagea ensuite au sujet du permis d'inhumer, lequel fut enfin accordé.

Le jour du décès, MM. Bovary et Homais m'ont indiqué qu'ils avaient trouvé dans le secrétaire de la défunte une lettre où celle-ci annonçait son intention de se supprimer par le poison. On ne m'a point montré cette lettre.

Sur les raisons de ce que je crois être un suicide, je pense que les dettes que Mme Bovary, à l'insu de son mari, avait contractées à l'égard de M. Lheureux, lequel, en plus de son activité de marchand de frivolités, fait aussi office d'usurier, peuvent expliquer son geste fatal. Peut-être aussi craignait-elle les reproches de M. Bovary, dans l'hypothèse où il aurait été alerté de l'inconduite supposée de son épouse.

En ce qui concerne la provenance du poison, il semble que, sauf achat fait à Rouen ou dans une autre ville, Mme Bovary ne pouvait s'en procurer que dans l'apothicairerie Homais, laquelle en débite à l'occasion pour la lutte contre les rats ou la fabrication de divers traitements, médicaux ou agricoles. Ce commerce est strictement réglementé par la loi du

6 avril 1844 (ici M. Tuvache consulte des papiers) *et n'est délivré que sur déclaration d'intention d'utilisation, le nom de l'acheteur devant être porté au registre de la pharmacie, le pharmacien restant comptable pendant dix ans des quantités délivrées. Quel que soit donc l'endroit où cet arsenic a été acheté, chez M. Homais ou ailleurs, il devrait être facile d'en retrouver la trace.*

L'état d'esprit général dans le canton est bon. Bien qu'alertée par certaines rumeurs, la population croit à un accident. Elle reste calme et paisible, la confiance dans l'Eglise et le roi est entière, l'autorité et la morale sont respectées. Sauf en quelques cabarets, il n'y a point de licence publique dans le canton*."

Relu, signé, daté :
M. TUVACHE, maire.

2. – M. L'ABBÉ BOURNISIEN, CURÉ DE LA PAROISSE DE YONVILLE-L'ABBAYE

"Ayant reçu en confession depuis son arrivée à Yonville Mme Bovary, je puis, sans trahir les secrets de ce saint sacrement, dire que les siennes ne comportaient aucune particularité, sauf à être généralement plus attrayantes et de meilleur aloi que celles de mes paroissiennes ordinaires. Ces confessions se sont faites plus rares ces derniers temps. J'en avais conclu qu'elle se confessait ailleurs, par exemple à un prêtre de Rouen puisque aussi bien elle allait souvent à Rouen.

Le ménage Bovary était uni ; installé depuis quelques années dans la paroisse, il n'y causait aucun scandale, sauf peut-être par la fréquentation

---

* Rappelons que nous sommes ici à la fin du règne de Louis-Philippe, en plein "ordre moral", à une époque pourtant où les troubles qui vont mener deux ans après à la révolution de 1848 ont déjà commencé. *(Note de l'éditeur.)*

excessive (bien qu'amicale) que M. Bovary faisait de M. Homais, pharmacien de ce bourg, libre penseur notoire, peut-être même (du moins à ce qu'on dit) franc-maçon !... Cependant, à la différence de M. Homais, M. Bovary n'affichait pas d'incroyance ; il ne se confessait ni ne communiait mais chaque dimanche assistait à la messe avec Mme Bovary.

On a dit que le couple avait des soucis d'argent. Sur ce sujet il conviendra plutôt d'interroger M. Lheureux, marchand à la toilette à Yonville, qui passe pour leur avoir prêté d'assez fortes sommes. Du moins est-ce sur sa plainte que leur maison allait être saisie.

S'est-elle suicidée ? Catholique avertie, ancienne élève du collège des Ursulines à Rouen, Mme Bovary connaissait les sévères sanctions de l'Eglise contre les suicidés. Elle ne se serait pas condamnée d'elle-même à une inhumation païenne puis à la damnation éternelle. Je crois donc à l'accident, du reste aurais-je accepté de l'enterrer religieusement si j'avais cru à autre chose ? Quelle sorte d'accident ? Domestique sans doute comme l'a écrit le journal et comme il se produit plus qu'on ne pense dans nos campagnes, les personnes à interroger à ce sujet étant M. Charles Bovary lui-même, ainsi que Félicité la servante (je la confesse également, mais elle est sotte, il n'y a rien à en tirer, je ne crois pas qu'elle comprenne grand-chose !). Il y a aussi cet impie de M. Homais, car il a assisté la victime et c'est lui qui a rédigé l'article du journal qui parle d'accident.

Quant à la lettre que Mme Bovary aurait laissée pour annoncer son suicide, il m'étonnerait qu'elle ait existé ; en tout cas on ne me l'a point montrée.

Vous entendrez ici beaucoup de rumeurs. Il y a toujours beaucoup de rumeurs dans les petites villes."

Relu, signé, daté :
M. BOURNISIEN, curé de Yonville.

3. – M. BOVARY (CHARLES), OFFICIER DE SANTÉ A YON-VILLE-L'ABBAYE (SEINE-INFÉRIEURE), VINGT-SEPT ANS, ÉPOUX DE LA DÉFUNTE

(Compte tenu de l'état d'abattement de M. Bovary, l'entretien s'est déroulé dans une chambre de la maison de M. et Mme Homais, où M. Bovary se trouvait alité.

Cet entretien n'est qu'un brouillon et n'a point valeur d'interrogatoire. Il est formé de fragments d'une conversation personnelle touchant l'enquête, tenue avec l'intéressé.)

M. BOVARY. – Ainsi avec Flaubert et d'Herville, tu étais toi aussi au collège ? Non, malheureusement je ne me souviens pas de toi, nous étions si nombreux que je m'y perds. Du reste je ne suis pas resté très longtemps au collège, je n'y étais pas heureux, ma mère m'en a retiré au bout de quelques mois !

(…)

Que veux-tu que je te dise ? Nous étions unis. Pourquoi a-t-elle pris ce poison ? Je n'en sais rien. Elle m'aimait, j'en suis sûr, elle le prouvait par mille détails ; il est vrai que les derniers temps, il me semblait parfois aussi qu'elle m'aimait moins qu'auparavant.

(…)

Quelque chose d'invincible la rendait malheureuse. Quoi que je fisse, elle restait toujours insatisfaite.

(…)

Je l'adorais, je travaillais, je lui donnais tout ce qu'elle voulait. Que pouvais-je de plus ?

(…)

L'argent ? C'est vrai. (Il fond en larmes.) *Cet horrible M. Lheureux avec ses articles lui a fait dépenser de fortes sommes puis engager notre propre*

maison sans m'en parler, c'est lui qui est la cause de tous nos malheurs.

(…)

Un accident ? Non. J'avais eu l'imprudence de lui signer une procuration pour engager toute opération financière à ma place, c'est sans doute ce funeste document qui l'a fait se détruire. Pourquoi m'a-t-elle caché l'engagement de nos biens, alors que sa première réaction aurait dû être de se confier à moi pour que, partageant nos malheurs, nous puissions mieux les surmonter ? (Nouveaux pleurs.) *Hélas ! son habitude était de ne rien me dire.*

(…)

D'Herville m'a déjà posé ces questions : non, il n'y a jamais eu d'arsenic chez moi. Comment s'en est-elle procuré ? (Larmes.) *Je n'en sais rien, j'étais loin de connaître toute sa vie ! Quant à la lettre où elle disait son intention de se supprimer, je l'ai trouvée cachetée dans son secrétaire, c'est elle qui m'a fait soupçonner le poison. Je ne sais plus où elle est. Dans l'émotion j'ai dû la laisser dans ma maison où on la trouvera !*

(…)

Pour le moment M. Homais et sa femme veulent bien s'occuper de moi. Ensuite ma mère a proposé de s'établir à Yonville et de tenir mon ménage.

(…)

Si cela me convient ? (Il fond encore en larmes.) *Non !… Je voudrais rester seul et surtout me trouver une autre femme. J'aimais tant celle-ci !*

(Le chargé de l'enquête et l'intéressé sont convenus que le compte rendu de l'entretien sera transformé en un procès-verbal officiel, et que M. Bovary viendra signer celui-ci dès qu'il sera établi.)

4. – M. LHEUREUX, MARCHAND DE NOUVEAUTÉS A YONVILLE

"Oui, je suis négociant, né en 1810 à Marseille, établi à Yonville comme marchand d'étoffes et de nouveautés depuis une dizaine d'années. Je représente trois des meilleures maisons de Rouen, Les Trois Frères, La Barbe d'Or *et* Le Grand Sauvage. *Mon magasin est situé un peu plus loin dans la grand-rue, à main droite. J'ai au-dessus un bureau où l'on entre par une échelle. J'y fais mes affaires.*

Je ne sais si les emplettes que Mme Bovary a faites chez moi depuis quelques années sont à l'origine du drame. Si cela était, j'en serais bien malheureux.

Mme Bovary n'était pas une femme ordinaire, monsieur. Dès son arrivée à Yonville, et bien qu'elle eût un mari et une maison dont la plupart des femmes se seraient satisfaites, elle commença à s'ennuyer. Nos conversations commençaient toujours par : «Aujourd'hui je n'ai besoin de rien, monsieur Lheureux», et de vouloir ensuite m'acheter la moitié de ma boutique ! Ses emplettes en mercerie, lingerie, parfois en mobilier, étaient souvent l'effet de son désœuvrement. En un mois elle pouvait m'avoir commandé un prie-Dieu gothique, une robe en cachemire, une méthode d'italien, et pour plus de quatorze francs de citrons à se nettoyer les ongles ! Elle me signait des reconnaissances de dette pour ces achats sans qu'il fût jamais question de remboursement.

Ensuite, M. Bovary lui ayant par imprudence signé une procuration, elle fit d'autres billets, au nom du couple cette fois. Des affaires, je ne sais exactement lesquelles, la menaient à Rouen. Son compte augmentait de plus en plus chez moi, mais désormais il s'agissait d'argent prêté, non plus d'emplettes. Je ne croyais pas devoir refuser, je vois que j'ai bien eu tort ! Mes billets ayant atteint la somme considérable de trois mille francs, j'ai pris peur et jugé impossible de continuer, d'autant que, ignorant les engagements de sa femme, M. Bovary s'était lui aussi mis à m'emprunter de l'argent ! Je fus pressé par quelques échéances ; je fis saisir, et les choses se sont déroulées comme vous savez.

Ce qu'elle faisait de l'argent qu'elle m'empruntait ? D'abord elle agrémenta son intérieur, achetant des meubles, des bibelots, quelques toilettes. Quand les sommes devinrent plus importantes et furent versées en argent, je n'en sus plus rien. Sans doute faudrait-il demander à son mari, ou à deux connaissances qu'elle semble avoir eues à l'époque, MM. Rodolphe et Léon.

Qui sont M. Rodolphe et M. Léon ? M. Rodolphe est propriétaire d'une gentilhommière située à une demi-lieue d'ici. Elle le vit beaucoup un certain temps, montant même à cheval avec lui, ce pour quoi elle m'acheta une tenue complète d'amazone, ainsi qu'une cravache et tout l'équipement.

M. Léon est l'ancien clerc de notre notaire Mᵉ Guillaumin. Quand il quitta Yonville pour Rouen, la rumeur publique (mais m'occupant peu des ragots, je n'en sais pas le fondement !) dit que si Mme Bovary se rendait si souvent dans cette ville, c'était pour le rencontrer. Au cas où ce sujet intéresserait l'enquête, il faudrait interroger Hivert, le conducteur de la diligence de Rouen. Peut-être aura-t-il pu relever certains détails, mais en ce qui me concerne, je ne sais rien d'autre."

Relu, daté et signé :
LHEUREUX, marchand de nouveautés.

5. – M. HOMAIS, PHARMACIEN

(M. Homais s'était fait accompagner de son épouse.)

"Je m'appelle Homais. Je suis pharmacien de première classe, spécialité d'eaux de Vichy, de Seltz et de Baréges, de robs décoratifs, de médecine Raspail, de racahout des Arabes, de pastilles Darcet, de pâte Regnault, de bandages, de bains, de chocolats de santé, etc.

Dès l'arrivée à Yonville du jeune ménage Bovary, mon épouse et moi lui témoignâmes notre sollicitude. Nous facilitâmes leur installation de toutes les manières, leur donnant des conseils, les recevant à de nombreuses reprises chez nous. J'allai jusqu'à les aider à faire installer leur futaille de cidre à la cave, à choisir leur boucher, à acheter une provision de beurre à bon marché ; et à conclure un traité avec Lestiboudois, le fossoyeur du village, pour que celui-ci vînt entretenir leur jardin une fois la semaine.

Malgré tous ses efforts, M. Bovary n'eut jamais la clientèle qu'il méritait. Sur mes instances et pour se faire un peu de réclame, il opéra d'un pied bot le jeune Hippolyte, garçon d'auberge au Lion-d'Or ; par malheur l'opération échoua, on dut couper la jambe. Il fallut acheter à Hippolyte une jambe de bois, jugez de l'impression sur le pays ! Cependant madame s'ennuyait, elle se laissait entraîner à des dépenses... Aurais-je soupçonné qu'elle signerait des billets pour plusieurs milliers de francs à l'ordre d'un M. Lheureux que j'eusse immédiatement recommandé à Bovary de s'abstenir de tout contact avec cet individu dont chacun sait ici qu'il a été marchand de chevaux dans le Midi et a fait faillite plusieurs fois. Selon certains, il aurait même tenu quelques années une maison de plaisir en Arles !

Je ne sais comment Mme Bovary a pu se procurer l'arsenic, ou plutôt acide arsénieux comme on devrait dire. Je ne lui en ai jamais vendu, ni récemment à quiconque à Yonville. Elle l'aura eu par son mari, ou bien à Rouen où elle allait souvent.

Je ne sais pas pourquoi elle allait à Rouen. Pour ses affaires sans doute, pour y acheter des livres ou des partitions de piano, car elle aimait la lecture et la musique, surtout la musique allemande, celle qui pourtant passe pour si débilitante ! Peut-être justement sont-ce ces lectures et cette musique qui, troublant son esprit, l'ont menée à l'extrémité où elle s'est portée.

Je ne sais rien de ses récents problèmes d'argent ni de la saisie de la maison ; non plus de ses relations avec MM. Rodolphe Boulanger et Léon Dupuis. Ni ma femme ni moi ne fréquentons M. Rodolphe Boulanger, lequel est peu fréquentable et du reste ne veut pas être fréquenté. Quant à M. Léon Dupuis, c'est un jeune homme sans fortune mais comme il faut auquel son installation récente à Rouen permettra sans doute de progresser. Je l'affectionne pour ses capacités, Mme Homais pour sa complaisance. Il possède des talents, peint à l'aquarelle, déchiffre la musique, chante la romance. Il parle volontiers de littérature ou de poésie après le dîner – si du moins la société ne joue pas aux cartes. Il mérite de réussir, peut-être sera-t-il notaire un jour. Quand il vivait à Yonville, il avait pris pension dans une petite chambre que nous lui louions au-dessus de la grange, là où notre fille loge présentement.

Sur le décès lui-même, voici ce que je sais : appelé à l'improviste par M. Bovary le 23 vers neuf heures du soir, j'ai appris avec stupeur que Mme Bovary avait absorbé de l'arsenic, puis j'ai aidé M. Bovary pour les premiers soins. Mme Homais étant arrivée, nous avons tous trois assisté Mme Bovary dans ses souffrances. En dernière extrémité, c'est moi qui ai conseillé à Charles d'appeler les docteurs Canivet et

Larivière, lui n'avait pensé qu'à appeler le prêtre ! Après la mort de la malheureuse, mon épouse Mme Homais s'est occupée des tâches mortuaires ainsi que des premiers soins du ménage. Mme Bovary, la mère de M. Bovary, est ensuite arrivée et a tout repris en main.

Oui, Bovary m'a montré la lettre dans laquelle sa femme annonçait qu'elle désirait se supprimer, c'est même la première chose qu'il m'a montrée ! Il l'avait tirée du secrétaire de son épouse, là où elle mettait sa correspondance. Je me souviens qu'elle était adressée à lui, qu'elle avait été cachetée, qu'il en a brisé le cachet. Selon ce qu'il m'en lut, elle commençait par ces mots : «Qu'on n'accuse personne...» Elle disait qu'elle avait pris de l'arsenic et c'est grâce à ces indications que nous avons commencé à chercher les antidotes à ce poison, dans un dictionnaire de médecine qui par bonheur se trouvait dans la maison.

Non, je n'ai point lu moi-même cette lettre, M. Bovary me l'a lue. Ce qu'elle est devenue, je n'en sais rien. M. Bovary a dû la reprendre, il faut la lui demander. Ma femme ne l'a pas vue non plus, du reste elle était absente lorsqu'il me l'a lue.

Soucieux de protéger ma réputation, je tiens à ce que le livre des poisons de ma pharmacie soit vérifié le plus tôt possible et qu'il m'en soit donné quitus.

Il est assuré à M. Homais qu'il aura satisfaction."

Relu et signé :
HOMAIS, pharmacien de première classe.

(Mme Homais confirme en tous points la déposition de son mari. En ce qui la concerne, elle n'a point vu la lettre de Mme Bovary. Cependant M. Bovary et son mari lui en ont parlé presque aussitôt.)

6. – M. RODOLPHE BOULANGER, PROPRIÉTAIRE-RENTIER AU DOMAINE DE LA HUCHETTE

Note préliminaire : s'étant fait répondre par les domestiques de M. Boulanger que celui-ci n'était point à la Huchette, les enquêteurs se sont transportés chez lui sans se faire annoncer, de sorte qu'il ne puisse se dérober.

La Huchette n'est point vraiment un château mais plutôt une grande demeure située à une demi-heure à pied à l'ouest de Yonville, suivant la rivière de la Rieule, puis remontant vers la route de Rouen par un chemin creux. On traverse la cour des fermiers, puis on arrive à l'édifice. Passé la porte, un escalier droit mène aux appartements de M. Rodolphe.

M. Rodolphe Boulanger, trente-cinq ou quarante ans, beau physique, taille bien prise, moustache soigneusement taillée, parler franc. Il est assis dans le salon de sa demeure de la Huchette sous une grande tête de cerf qui fait trophée. Il porte une robe de chambre de velours rouge ouverte sur une chemise de nuit brodée et n'interrompt pas sa collation pour recevoir, du reste aimablement, les enquêteurs.

Sur une table située près d'un feu éteint on note : une bouteille entamée d'un cognac de marque et plusieurs verres, un numéro du journal *L'Illustration*, une grande pipe turque, un cendrier rempli à ras bord de cendre de cigare ainsi que quelques cartes à jouer abandonnées sans doute la veille.

Il lui est demandé s'il autorise qu'on prenne des notes, ce qu'il accorde de bonne grâce.

QUESTION. – Monsieur Boulanger, pouvez-vous nous préciser votre état civil ?
RÉPONSE. – Rodolphe Boulanger, trente-quatre ans, célibataire et propriétaire-rentier de ce domaine

de la Huchette, par Yonville-l'Abbaye (Seine-Inférieure).

Q. – Quand avez-vous rencontré Mme Bovary pour la première fois ?

R. – Diable, vous allez droit au fait ! Il y a quatre ans environ, aux comices agricoles du département. Auparavant j'avais rencontré son mari, M. Charles Bovary, alors que j'étais venu dans son cabinet faire saigner un de mes domestiques, un dénommé Girart qui me sert de cocher.

Q. – Quelle était la nature exacte de vos relations avec Mme Bovary ?

R. – Pourquoi le cacher ? Très vite nous avons été amants. Cette femme m'attirait, quand une femme m'attire, il faut que je l'aie tout de suite, c'est plus fort que moi. Emma était malheureuse, son mari un benêt, elle ne pouvait plus le supporter. Je lui ai fait du bien, je lui ai révélé sa nature. Elle se croyait rêveuse et romantique, en fait c'était une physique dont personne n'avait éveillé les sens, vous comprenez ce que je veux dire ? Avec moi elle a eu ce qu'elle cherchait. Nous montions à cheval ensemble, nous nous rencontrions dans la forêt. Je la changeais des imbécillités conjugales de son mari, des platitudes pompeuses de ce pauvre Homais, des effusions minaudières de M. Léon !

Q. – M. Léon ?

R. – Oui, Léon Dupuis, le clerc de notaire de chez Guillaumin. Ils étaient amoureux depuis un an quand j'ai rencontré Emma, mais cet imbécile n'avait jamais matérialisé leur liaison ! Du reste il n'a eu de relation physique avec elle que quand celle-ci a commencé à me fatiguer et que je m'en suis débarrassé ! A-t-il pu assumer l'héritage ? C'est peut-être toute l'affaire.

Q. – Quand avez-vous vu Mme Bovary pour la dernière fois ?

R. – Il y a près de deux ans ! Nous avions rompu, je l'évitais.

Q. – Elle avait de très pressants besoins d'argent. Vous passez pour en avoir. Pourquoi n'est-elle pas venue vous demander de l'aide ?

R. – Je vous ai dit qu'elle n'est pas venue ici depuis deux ans ; ni pour ce sujet, ni pour un autre.

Q. – Elle devait une somme importante à M. Lheureux. Lui auriez-vous prêté ou donné cet argent ?

R. – Vous plaisantez ! D'abord je n'ai pas d'argent disponible immédiatement, il aurait fallu vendre des valeurs, engager des terres ; ensuite vous me voyez donner de l'argent à une de mes anciennes maîtresses pour qu'elle rembourse je ne sais combien de milliers de francs de fanfreluches à cet usurier de Lheureux, et à l'insu de son mari encore !... Du reste je ne pense même pas qu'Emma aurait eu l'idée de m'en demander. Ce qu'elle voulait de moi, c'était de l'amour, pas de l'argent. Quel caractère, si vous saviez ! Nous avons eu des moments agréables et même passionnés ensemble. J'ai gardé une sorte d'amitié pour elle, bien que pour moi ce qui est fini soit fini.

Q. – Que pensez-vous de la façon dont elle est morte ?

R. – Classique. Elle s'est suicidée. Que faire de sa vie avec un mari comme le sien et ce fier Léon comme amant ?... Les billets de Lheureux n'auront rien arrangé à l'affaire.

Q. – Possédez-vous de l'arsenic ?

R. – Non. Quel besoin aurais-je d'arsenic pour que les maîtresses qui me lassent débarrassent le plancher ? Je les mets à la porte, c'est beaucoup plus simple !

Q. – Peut-être en cette affaire auriez-vous pu l'aider.

R. – Peut-être en effet. Pauvre Emma ! Souvent elle me disait qu'elle aurait voulu vivre à Paris, et c'est vrai qu'elle y aurait fait une charmante maîtresse. Elle pleurait aussi pour que je l'emmène en Italie, vous imaginez l'embarras, la dépense !... C'eût été trop bête.

Q. – *Avez-vous quelque chose à ajouter à cette déposition ?*

R. – *Non. Je pourrais vous montrer les lettres assez brûlantes qu'elle m'adressait, elles sont avec d'autres dans cette vieille boîte de biscuits de Reims sur la commode. Que vous apprendraient-elles de plus ?*

Q. – *Nous reviendrons, monsieur Boulanger.*

R. – *Autant que vous le voudrez. Montez-vous, monsieur Delévoye, votre adjoint monte-t-il ? Il me serait agréable de vous prêter un cheval tout le temps que vous resterez ici.*

Q. – *Mon adjoint Remi monte un peu en effet.*

R. – *Eh bien, un cheval de la Huchette est à sa disposition. Je le ferai mener demain à l'auberge par mon palefrenier.*

(Fin de l'entretien. Un rapide examen des lieux, suivi d'un interrogatoire succinct du domestique, ne permet pas de trouver de trace d'arsenic. En revanche nous notons dans une corbeille sur une table face à la cheminée la présence d'un éventail marqué "E. B." et venant du fabricant René Lapautre à Rouen. Interrogé, M. Boulanger dit que Mme Bovary avait oublié cet éventail chez lui il y a longtemps, au temps de leur liaison ; il l'a gardé depuis.)

7. – SECONDE DÉPOSITION DE M. LHEUREUX

(Désirant obtenir de nouvelles informations de M. Lheureux, marchand de nouveautés à Yonville, nous sommes retournés dans son échoppe.

La conversation s'est déroulée comme suit.)

QUESTION. – Monsieur Lheureux, nous revenons vers vous car, à mesure que notre enquête avance, il se confirme que vous pouvez nous être d'une grande aide : Mme Bovary s'est très certainement suicidée en grande partie pour des questions d'argent.

RÉPONSE. – Ah oui ? Pourtant, d'après mes observations, une femme jolie et jeune comme elle était a très rarement besoin de se suicider pour des raisons d'argent. Il lui est toujours possible de s'en procurer, elle le savait très bien du reste. Ne pensez-vous pas plutôt qu'elle ait eu d'autres sujets de désappointement ?

Q. – Expliquez-vous, monsieur Lheureux.

R. – Que ne posez-vous la question à qui je vous ai dit ? Voyez M. Rodolphe, voyez M. Léon.

Q. – Pourquoi M. Rodolphe, pourquoi M. Léon ?

R. (il hausse les épaules) *– Est-ce que je sais ? C'étaient ses amis. Il s'en est passé de belles avec eux. Tous deux l'ont* très bien *connue.*

Q. – Qu'entendez-vous par "très bien connue" ?

R. – Qui voudra comprendre comprendra. Mme Bovary et M. Rodolphe partaient ensemble seuls pour de longues promenades en forêt à cheval. Un après-midi vers trois heures, j'ai vu Mme Bovary sortir de l'hôtel de Boulogne à Rouen. Elle tenait M. Léon Dupuis par la main.

Q. – La main ? Pas le bras ?

R. – La main.

Q. – Quand lui avez-vous parlé pour la dernière fois ?

R. – A qui ? A M. Léon ?

Q. – Non, à Mme Bovary.

R. – Mais le jour même où elle a pris du poison ! Elle est venue le matin à la boutique après avoir lu l'avis de vente de sa maison placardé sur la halle.

Elle m'a sommé d'arrêter immédiatement les poursuites. Je lui ai dit qu'il était trop tard, que tout était lancé, que la somme était trop importante, que j'avais besoin de mes trois mille francs tout de suite. "Où les trouverais-je ?" a-t-elle dit. "Tout se trouve à votre âge, quand on est faite comme vous êtes", ai-je répondu, façon de lui faire compliment, rien de plus croyez-moi. Elle a manqué me gifler, puis il semble qu'elle se soit rendue chez M. Rodolphe, au château de la Huchette.

Q. – Pourquoi chez M. Rodolphe ? On dit qu'il ne l'avait point revue depuis deux ans.

R. – Où vouliez-vous qu'elle aille ? Cet homme, avec sans doute M. Guillaumin le notaire, était le seul à Yonville qui eût les moyens de lui prêter l'argent. Après tout il lui devait bien ça. Son successeur, M. Léon, n'a ni caractère ni fortune ; il n'est d'aucun usage !

Q. – Vous sentez-vous responsable de la mort de Mme Bovary ?

R. – Vous ne connaissez pas ce genre de femme, monsieur : elle se serait tuée de toute façon ! Les responsables sont son mari, incapable de la contenter, et les deux autres, qui l'ont fait rêver pour pas grand-chose... Les toilettes qu'elle achetait pour leur plaire, les cadeaux qu'elle leur faisait, l'hôtel à Rouen pour les rencontrer !... Mais qui est allé l'aider quand elle était malheureuse et qu'il lui fallait absolument de l'argent ? Moi, le petit père Lheureux ! Car si le petit père Lheureux n'avait pas été ici avec ses écus, que serait-il arrivé depuis bien plus longtemps qu'aujourd'hui à Mme Emma Bovary ?... Et savez-vous le plus sot ? C'est qu'au fond elle me plaisait bien, la petite comme il m'arrivait de l'appeler ; et que si elle avait voulu, sûrement nous nous serions arrangés ! Mais voilà : madame faisait la dégoûtée, la femme du monde, la princesse ! On a préféré se suicider.

Q. – Possédez-vous de l'arsenic ?
R. – Pouah ! pour quoi faire ?
Q. – Je ne sais pas : les rats ou la médecine.
R. – Imagineriez-vous que je l'ai tuée ou aidée à se tuer ? Messieurs, on ne tue pas ceux qui vous doivent de l'argent, on prie au contraire pour qu'ils vivent le plus longtemps possible, afin qu'ils vous remboursent au jour échu ! Non, je n'ai point d'arsenic. Pour tuer mes rats (ou même pour me débarrasser d'une femme !), je préfère encore les pièges.

(Une visite des locaux de M. Lheureux n'a en effet pas permis de déceler de trace d'arsenic.)

8. – TROISIÈME TÉMOIGNAGE DE M. LHEUREUX

(Les enquêteurs sortaient de l'échoppe. M. Lheureux court derrière eux pour les rattraper.)

"Ah ! dit-il. Je viens juste de me souvenir de deux points qui peut-être intéresseront l'enquête, encore que je n'en mesure pas l'importance exacte.
— Dites.
— Le premier est celui-ci : saviez-vous qu'Emma Bovary n'était pas la première femme de M. Bovary, que celui-ci avait été déjà marié une fois ? A sa sortie de l'école de médecine (où, ayant abandonné ses études en classe de troisième avec un simple examen de grammaire, il dut se contenter du statut d'officier de santé), il avait épousé une veuve assez laide et beaucoup plus âgée que lui – quarante-cinq ans mais six mille livres de rentes –, la veuve Dubuc, dont M. Bovary père, Dieu ait son âme ! avait coutume de dire que «c'était une haridelle dont les harnais ne valaient même pas la peau». M. Charles Bovary ayant soigné un certain père Rouault d'une

entorse, il tomba amoureux de la fille de celui-ci, Emma, et celle-ci eut moins de peine à faire sa conquête que lui à se déclarer, vous voyez ce que je veux dire. Or, peu après, par un sacré coup de la Providence, imaginez que la veuve Dubuc décédait brusquement !

— *Et alors ?*

— *Alors, rien. Ou plutôt sachez qu'on disait que M. Bovary, à l'époque de la mort de sa première femme, la veuve Dubuc, entretenait déjà une liaison avec Emma, alors âgée de dix-sept ou dix-huit ans ! Qu'Emma, épaississant son jupon à l'aide de serviettes, se fit passer pour enceinte auprès de Charles, et que c'est même la raison pour laquelle celui-ci l'épousa dès le décès de la veuve Dubuc ! Que dites-vous de ça ? Du vivant même de sa première femme, l'infortunée veuve Dubuc, il y aurait eu une liaison entre l'inoffensif Charles et la trop belle et trop jeune Emma… Et probablement sous le regard intéressé du vieux père Rouault, point fâché de marier sa fille dont il craignait la trop riche nature !*

— *Vous êtes le diable, monsieur Lheureux.*

— *Oh non ! J'observe autour de moi, c'est tout. Par les divers métiers que j'ai exercés, j'ai toujours porté de l'intérêt aux femmes et à leurs petites manies.*

— *Quels métiers, monsieur Lheureux ?*

— *Eh bien, marchand de nouveautés, marchand de fanfreluches, marchand à la toilette ; banquier même une fois !*

— *Qui vous a communiqué ces informations sur le mariage de M. Bovary et le décès de sa première femme ? Comment les avez-vous apprises ?*

— *Je le dirai ultérieurement, mais seulement si cela devient nécessaire.*

— *Pourquoi avoir rapporté cette histoire ? Que voulez-vous démontrer ?*

— Rien. Autrefois j'ai quelque peu fréquenté la police, j'y ai rencontré des gens de bonne compagnie. Je sais qu'il leur faut des faits, je vous rapporte ceux à ma connaissance. Mme Bovary était une jolie femme, monsieur, une très jolie femme même ; or, croyez-moi, pour les jolies femmes, il y a d'autres plaies que celles de l'argent !

— Nous nous reverrons, monsieur Lheureux !

— J'espère bien."

9. – M. BINET, PERCEPTEUR, MAÎTRE GUILLAUMIN, NOTAIRE A YONVILLE

Les soussignés déclarent que le jour qui précéda son décès, Mme Bovary chercha tous deux à les joindre pour leur emprunter de l'argent.

M. Binet déclare avoir reçu quelques minutes Mme Bovary à son bureau vers une heure de l'après-midi et lui avoir dit qu'il n'avait pas trois mille francs. Me Guillaumin déjeunait quand Mme Bovary l'a fait demander à la grille ; il se trouva fort surpris de cette visite et fit répondre par ses domestiques qu'il n'était pas disponible.

10. – M. HIVERT, CONDUCTEUR DE DILIGENCE

M. Hivert ne sait rien. Il a mené à plusieurs reprises Mme Bovary à Rouen et l'en a ramenée, mais il ne savait ce qu'elle y faisait. Bien qu'elle restât parfois deux ou trois jours dans la ville, elle voyageait avec peu de bagages, une simple malle ou un réticule. Il ne l'a jamais vue accompagnée de personne, sauf une fois par M. Homais, mais celui-ci a dit qu'il l'avait rencontrée par hasard.

"La dernière fois que j'ai mené Mme Bovary à Rouen, c'était juste pour l'aller et retour le 22 mars, l'avant-veille de sa mort. Elle était seule. Elle semblait agitée mais n'a tenu aucun propos particulier.

Du reste Mme Bovary n'avait point l'habitude de parler aux gens."

11. – M. LÉON DUPUIS, PREMIER CLERC DE NOTAIRE, DEMEURANT A ROUEN, ARRIVÉ CE MÊME JOUR A YONVILLE

"Je suis venu spécialement à Yonville, je n'y étais pas retourné depuis plusieurs mois. Je m'appelle Léon Dupuis, j'ai vingt-quatre ans, je suis actuellement premier clerc chez maître Bordenave à Rouen (Seine-Inférieure), après avoir travaillé plusieurs années chez Me Guillaumin à Yonville. J'ai connu Mme Bovary il y a quelques années, le jour même de son arrivée. Tout de suite j'ai su que nous nous ressemblions : deux âmes nobles quotidiennement blessées par la vulgarité du monde, lasses à l'avance des conditions dans lesquelles la destinée les faisait vivre, dignes en tout cas d'un sort plus heureux.

Le mari d'Emma était un brave homme sans aucune élévation. Pour moi, ma condition de clerc et mon manque de fortune me destinaient à la médiocrité. Emma et moi avons découvert ensemble que nous rêvions de musique, de poésie, d'espaces vastes, de beauté alors qu'autour de nous régnait une vulgarité totale. Quoi d'étonnant à ce que nous nous soyons aimés ?

Quand je dis «aimer», je dois être précis. Nos sentiments furent d'abord d'une singulière nature. Nous ne ressentions aucun besoin de liens physiques. Ce n'est qu'après que j'eus quitté Yonville pour

Rouen et surtout que M. Rodolphe eut abusé de la faiblesse des sens d'Emma, qu'il l'eut dépravée en quelque sorte et qu'ensuite il s'en fut honteusement lassé, qu'elle et moi eûmes une liaison au vrai sens du terme.

Elle venait chaque semaine me voir à Rouen et nous connûmes des moments inoubliables. Puis les choses changèrent. Elle devenait trop ardente, trop possessive. Elle m'entraînait à des imprudences. Je vérifiais à mes dépens cette vérité incontestable qu'une femme qui a osé une fois devient insatiable !

Ma mère s'inquiétait. Elle me rappela à ma carrière, m'encouragea à quitter cette liaison sans avenir et conclure un honnête mariage. J'allais devenir premier clerc, c'était le moment d'être sérieux, elle venait justement de me trouver une jeune fille à dot. Au moment de l'horrible événement, j'étais, hélas ! en train de me détacher.

Les relations de Mme Bovary avec son mari étaient nulles. Elle m'a dit avoir rompu toute relation conjugale depuis plus d'un an, exactement depuis qu'elle était devenue ma maîtresse. Elle invoquait sa migraine, des problèmes de santé, etc. Pour le reste, elle était plutôt bonne avec lui et tenait bien sa maison. Elle lui cachait cependant sa dette avec Lheureux ainsi que ses relations avec M. Boulanger et moi. Pauvre Charles ! il a dû être abasourdi par les événements !

Je l'ai vue pour la dernière fois il y a quelques jours, je crois la veille même de sa mort. Elle était venue à Rouen me demander de lui avancer une grosse somme, trois mille francs je crois. Elle était pressante et moi très embarrassé. Elle pleurait, disant qu'elle allait être saisie, que son mari ignorait tout, que sa belle-mère la détestait, que son père M. Rouault ne pouvait rien. Quand je lui ai dit que je ne pouvais rien non plus, elle m'a traité de lâche, m'a invité à prendre l'argent à ma mère ou même à le dérober dans l'étude où je travaille ! Elle était une grande lectrice de romans : pour elle un homme digne de ce nom devait accepter de tout faire pour la femme qu'il aimait.

J'étais si effrayé que je n'ai pas osé dire non. Je me suis alors inventé un ami qui peut-être me fournirait la somme, et lui ai dit de rentrer à Yonville. Si je le trouvais, ai-je dit, je viendrais lui porter l'argent à Yonville le lendemain à trois heures. Naturellement ni l'ami ni l'argent n'existaient et je ne suis pas venu au rendez-vous. M'en blâmez-vous ? Dès que j'ai appris la nouvelle, je suis aussitôt accouru.

Vers quelle heure nous sommes-nous séparés lors de cette dernière rencontre à Rouen ? Vers une heure, je pense. Elle devait prendre la diligence de quatre heures trois quarts et moi j'avais un repas de clercs ce jour-là.

Pour moi elle s'est supprimée. Sa situation financière était trop embarrassée. Elle ne supportait plus ni Yonville ni son mari. Elle avait depuis longtemps des pulsions suicidaires. Je ne détiens pas d'arsenic, je n'en ai jamais possédé. Je n'aurais pu lui en fournir."

Relu, daté, signé :
LÉON DUPUIS.

12. – FÉLICITÉ, SERVANTE DE LA MAISON BOVARY

QUESTION. – *Vous étiez la domestique de Mme Emma Bovary. Vous faisiez son service, vous la voyiez tous les jours. Elle n'avait aucun secret pour vous.*

RÉPONSE. – *Je n'en sais rien, monsieur.* (Elle fond en larmes.) *Je n'en sais rien ! Comment aurais-je su ? Elle s'est suicidée !*

Q. – *Où s'est-elle procuré l'arsenic ?*

R. – Je n'en ai pas idée. Je ne savais même pas qu'on peut se tuer avec de la mort-aux-rats.

Q. – Utilisait-on de la mort-aux-rats chez elle ?

R. – Non, monsieur ! Nous n'avions point de rats, la maison était trop bien tenue.

Q. – Au cours de divers rangements que vous avez pu être amenée à faire dans la maison de M. et Mme Bovary, avez-vous observé des drogues suspectes en forme de poudre blanche ?

R. – Jamais, monsieur.

Q. – Avez-vous connaissance de certaines dettes contractées par votre maîtresse à l'insu de M. Bovary ?

R. – Oui, des billets à l'ordre de M. Lheureux.

Q. – Pourquoi ces billets ?

R. – Je ne sais pas. Pour sa toilette, le cabinet de lecture à Rouen, le piano, les factures de M. Lheureux.

Q. – Les derniers billets signés à l'ordre de M. Lheureux ne venaient pas en règlement de factures, il s'agissait de prêts d'argent. Pourquoi Mme Bovary se rendait-elle si souvent à Rouen ?

R. – Ah, mon Dieu ! vous me feriez trahir ma maîtresse.

Q. – Rassurez-vous, vous ne direz rien que nous ne sachions déjà. Parlez-nous de M. Rodolphe, de M. Léon.

R. – M. Rodolphe est un démon, un être cruel et malfaisant. Il a fait souffrir madame, mais elle en était folle. M. Léon n'est rien, c'est un artiste, un conteur de poésies et de balivernes ; c'est lui pourtant qu'elle allait voir à Rouen quand il s'y est installé. Il fallait qu'elle payât la diligence, les toilettes, l'hôtel, les voitures, les cadeaux, l'argent de poche qu'elle lui donnait !... Elle s'y est ruinée.

Q. – Y a-t-il eu d'autres personnes que M. Rodolphe et M. Léon dans la vie de Mme Bovary ?

R. – Non, monsieur, je le jure ! Et même ces deux-là étaient de trop.

Q. – Auriez-vous connaissance d'une liaison qui aurait existé entre M. et Mme Bovary avant que tous deux ne se marient ?

R. – Monsieur, vous ne me ferez pas répondre à ce genre de question.

Q. – Quel a été l'emploi du temps de votre maîtresse la veille de sa mort ?

R. – L'avant-veille du décès, comme chaque jour, monsieur est parti à cheval pour ses visites vers sept heures et madame s'est réveillée vers huit. Je l'ai aidée à s'habiller, puis je suis allée prendre un sou de chandelle à la halle où les gens s'étaient attroupés autour du pilier où était affiché l'avis de saisie de notre maison et de nos meubles. Je l'ai arraché, je le lui ai porté. Elle a failli s'évanouir quand elle l'a vu, puis elle m'a dit d'aller prendre une place sur la diligence de Rouen pour le jour même. Elle n'est revenue avec celle-ci qu'à sept heures du soir. Je ne pense pas que monsieur ait été avisé de ce déplacement.

Q. – Et le lendemain ?

R. – Elle n'avait rien dit à monsieur et monsieur ne savait toujours pas la saisie qui allait venir. Quand lui s'est levé et est parti, elle s'est levée aussi puis est sortie sans manteau et en bottines, avant que j'aie pu courir derrière pour lui dire de se couvrir et de changer de souliers. Je ne sais où elle allait, sans doute en dehors du village, car j'ai vu ensuite ses effets abîmés de boue et de ronces. Le soir monsieur est arrivé avant elle, vers cinq heures je pense. Il ne savait toujours rien, c'est moi qui lui ai appris la nouvelle de la saisie, il en a été affolé. Il m'a envoyé chercher madame chez tous les voisins, ce que j'ai fait sans résultat. Quand je suis rentrée vers six heures, madame était déjà revenue et s'était mise *au lit. Monsieur m'a dit qu'on n'avait plus besoin de moi, alors je suis retournée dans ma chambre et n'en suis sortie que quand monsieur m'a appelée et m'a dit que madame était malade. M. Homais est arrivé bientôt.*

Q. – Ce jour-là, le lendemain donc de son retour de Rouen et la veille de sa mort, madame a été absente de sept heures du matin à six heures du soir, sans que vous sachiez où elle est allée ?

R. – Oui.

Q. – Les traces d'épines et de boue datent bien de ce jour-là ? N'a-t-elle pu se les faire la veille ?

R. – Non, monsieur. C'est moi qui la veille l'ai aidée à se déshabiller. J'aurais vu ces traces, de même d'ailleurs que j'aurais noté toutes autres traces – des coups dit-on – que les deux docteurs de la ville ont trouvées sur elle. Je jure qu'il n'y avait rien, du reste elle avait changé de robe le dernier matin.

Q. – Où est-elle allée le dernier jour ?

R. – Je n'en sais rien. Tout ce que je sais est que selon l'ordre de M. Bovary je l'ai cherchée dans tout le village l'après-midi et ne l'ai point trouvée.

Q. – Félicité, auriez-vous eu connaissance d'une lettre que votre maîtresse aurait écrite à M. Bovary, dans laquelle elle lui annonçait son intention de mettre fin à ses jours ?

R. – Non, monsieur.

Q. – Votre maîtresse serrait-elle les lettres dans son secrétaire quand elle ne les envoyait pas immédiatement ?

R. – Oui, monsieur.

Q. – Cherchant une lettre, M. Bovary se serait donc naturellement dirigé vers ce secrétaire ?

R. – Je n'en sais rien. En tout cas je n'ai pas vu M. Bovary le faire. Peut-être l'aura-t-il fait quand j'étais retournée dans ma chambre.

Q. – Vous-même, avez-vous touché à ce secrétaire pour le ranger ou y prendre quelque chose ?

R. – Non, monsieur, ni avant le décès, ni après. Madame ne voulait point qu'on y touche.

Q. – Félicité, vous allez venir avec nous dans la maison de vos maîtres. Nous essayerons d'y retrouver la lettre dont je vous parle.

R. – Bien, monsieur. Laissez-moi seulement ôter mon tablier.

La lettre ne se retrouva point.

III

Que se passa-t-il alors ? Quelqu'un se plaignit-il à Yonville de la manière certes un peu ronde dont les premières investigations avaient été menées ? Le coup fut-il monté par des gens qui, à la préfecture, jalousaient Delévoye et espéraient prendre sa place ? Celui-ci avait-il sans s'en rendre compte commis quelque faute professionnelle ou vexé quelqu'un ? On n'en sut rien. Le fait est que le mercredi suivant le commissaire fut rappelé.

L'événement se produisit sous la forme de l'arrivée inopinée à Yonville d'un fringant attaché à la préfecture de Rouen dénommé Longueville. Delévoye et Remi connaissaient à peine ce Longueville, mais il passait pour avoir de hautes relations ainsi qu'une forte répugnance pour toute affaire un peu subalterne. Aussi est-ce avec une certaine surprise qu'ils le virent débarquer un matin, la canne à la main et vêtu d'une élégante pelisse, s'extrayant d'une voiture de police spécialement dépêchée à Yonville pour la circonstance.

Ses chevaux fumant encore, la voiture s'était arrêtée de l'autre côté de la rue, à quelque distance du Lion-d'Or. Il en descendit puis resta debout auprès d'elle, hésitant sans doute sur l'opportunité d'aventurer ses souliers fins sur la glace. Delévoye traversa alors la route pour l'aller saluer et, au travers des vitres de l'auberge, Remi le vit s'entretenir avec le distingué jeune homme au moins une dizaine de minutes au cours desquelles, à plusieurs reprises, il agita les bras comme en proie à une vive indignation.

Quand il revint, il était blême. La préfecture, expliqua-t-il à Remi, changeait de politique. Après avoir elle-même, avec quelle vélocité ! lancé la procédure, elle souhaitait maintenant, compte tenu de certaines réactions imprévues du public, la ralentir. La rumeur de suicide qui commençait à se répandre ici ou là avait choqué certaines âmes, que serait-ce si l'on se mettait à parler d'assassinat ? M. le préfet désirait se concerter avec Delévoye à ce sujet et c'était la raison pour laquelle Longueville le ramenait à Rouen. Remi resterait sur place, attendant que son patron revienne ou qu'il soit rappelé lui-même.

Longueville demeurant toujours debout au loin en observation auprès de sa voiture, Delévoye continua d'expliquer. Il parlait avec détachement, comme si la nouvelle était de routine et ne le concernait pas. En réalité le vieux flic était bouleversé et cela se voyait. Remi en fut indigné :

"Mais enfin pourquoi ? demanda-t-il.

— Ah, Remi, l'ordre ! Entre la manifestation de la vérité et la préservation de l'ordre public, l'Administration toujours choisira l'ordre public, et chaque fois c'est le pauvre enquêteur qui trinque ! Dis-moi, garçon (et tant que ce freluquet ne peut nous entendre !) : as-tu toujours l'intention de faire carrière dans la police ?

— Oui, naturellement."

Ses yeux soudain exorbités, cependant que Longueville continuait à observer de loin :

"Ah, Remi, si tu es dans ces dispositions, alors change de métier, change de métier tout de suite !

— Que voulez-vous dire ?

— Rien."

Car déjà le respect que Delévoye croyait devoir à sa hiérarchie avait retrouvé le dessus. Il n'en dirait pas plus. En lui-même cependant il continuait de ne pas comprendre :

"C'est trop fort, pensait-il dans sa vieille tête subalterne tandis qu'on descendait sa malle de sa chambre. Aurais-je commis quelque faute ? Quelque élément m'a-t-il échappé ? Ai-je *déplu* ?"

Remi fut sidéré. Ainsi, trente ans de bons et loyaux services – trente ans de servitude, de paye médiocre, de nuits sans sommeil, de couleuvres avalées – ne vous donnaient que le droit de vous taire et subir ? A soixante ans comme à vingt, fallait-il comme au premier jour craindre pour son avancement, mettre les pouces, se soumettre à des incapables que seules la fortune ou *les relations* avaient placés au-dessus de vous ?

Mais rien jamais ne changerait Delévoye. Ancien militaire qu'il était, marche ou crève, obéis à tes chefs, telle était sa doctrine. Ses pédagogues avaient été les sous-officiers de la Grande Armée sortis du rang qui, sous l'Empereur, l'avaient commandé. Sans qu'il entretînt la moindre illusion sur les nouveaux privilégiés du siècle qui, avec la paix, avaient envahi l'Administration, titulaires de diplômes ou de protections la plupart du temps immérités, préoccupés uniquement de leur carrière, virtuoses dans l'art de tondre la laine sur le dos de leurs subordonnés pour s'en parer ensuite, il savait que de toute façon il lui fallait obéir.

"Après tout, dit-il, reprenant l'insouciance du vieux troupier habitué à reboucler son sac sans savoir où on le mène et à tirer le meilleur parti des contrariétés qu'on lui inflige, ça m'arrange presque de retourner là-bas ! Au moins vais-je pouvoir vérifier que M. le préfet a bien effectué les démarches qu'il m'avait promises pour augmenter mon grade avant mon départ à la retraite. Je te fiche mon billet qu'il n'en a rien fait !

— Mais l'enquête ne faisait que commencer !

— Bah ! N'est-elle pas déjà à demi bouclée ? N'avons-nous pas tous les deux ces derniers jours travaillé comme des anges, chaque témoin ou presque étant maintenant couché sur le papier ? Cela dit, petit, écoute : naturellement l'affaire n'est pas close, nous faisons simplement le gros dos ! Moi je pars mais toi tu restes. Tu continueras donc exactement comme nous avons fait jusqu'ici : le matin tu mèneras doucement tes petits interrogatoires, l'après-midi tu rechercheras encore (sans jamais la trouver) la fameuse lettre où la belle Emma annonce qu'elle veut se suicider ou bien tu recenseras chez chacun tout objet *contondant* ayant pu servir à frapper la défunte ; dix fois de suite tu vérifieras l'alibi de ce crétin d'Homais, celui de ce salopard de Lheureux, celui de Binet et des autres. Puis, quand ceci sera fini (qui ne te prendra pas trop de temps), écoute encore : dans l'attente de nouvelles instructions qui ne pourront venir que de moi, tu ne bouges plus, tu restes l'arme au pied, tu ne fais aucune découverte, *tu arrêtes la mule*, est-ce compris ? Chaque jour de départ de la diligence tu m'enverras un rapport cacheté dont, avant de l'expédier, tu t'assureras soigneusement qu'il ne présente aucun intérêt. Soignes-en cependant bien le style, ce sera bon pour ton avancement, car chaque après-midi j'en ferai la lecture à M. le préfet afin de le distraire. Pour le reste ne t'inquiète pas : le vieux loup sera bientôt de retour !"

Mais le vieux loup avait de la peine et cela se voyait.

Déjà Hippolyte et la servante avaient porté sa malle dans la voiture. Une main impatiente posée sur la poignée du véhicule, Longueville semblait compter les minutes, tel un ange exterminateur surveillant l'exécution d'une mission qui lui a été confiée, regardant sans aménité les deux hommes discuter. Si ce godelureau incarnait le pouvoir, manifestement le pouvoir n'aimait pas les conciliabules entre subalternes !

"Rappelle-toi, Remi, cria Delévoye, rejoignant Longueville sans paraître se soucier de sa présence : rien !"

Au même moment un claquement brutal de volets qu'on fermait dans la rue se fit entendre. Alertées par le bruit, certaines personnes du bourg avaient dû suivre la scène derrière leur croisée. Maintenant que celle-ci était achevée et qu'elles avaient compris que Delévoye était rappelé, elles n'avaient plus besoin d'écouter.

Malgré son inexpérience, Remi sentit que quelque chose d'injuste et de grave était en train de se passer. Que de questions alors aurait-il aimé poser à son maître !

Mais déjà c'était trop tard : Delévoye avait sauté dans la voiture, le postillon avait tourné bride, fouette cocher ! Dans un jet de neige fondue, le vieux policier et Longueville étaient partis.

Bien entendu, à l'époque Remi ne soupçonnait pas qu'en haut lieu la décision était déjà prise. Que des *influences*, que des *considérations d'intérêt général* avaient joué. Que le souci de ne point agiter les esprits primait tout. Qu'il valait mieux enterrer une affaire qui à la réflexion risquait de troubler la morale et la sérénité publique et que pour cette raison l'enquête serait retirée à Delévoye. Et que si Longueville était venu jusqu'à Yonville, c'était pour être certain de ramener le policier à la préfecture sans bavure ni incident, et s'assurer qu'un non-lieu satisfaisant pourrait être prononcé.

Remi ignorait aussi que lui-même verrait chaque jour dans son esprit la thèse de l'assassinat se confirmer davantage. Sa seule idée d'alors, on peut presque en jurer ! fut d'attendre fidèlement le retour de Delévoye, n'assurant, comme celui-ci le lui avait demandé, que la seule routine. Ce fut donc par pure routine, par souci de bien faire et de suivre à la lettre les instructions de son patron, qu'il commit ce qui fut sa première (non sa dernière) imprudence. Imprudence qui, comme on le verra, fit redémarrer l'enquête et tout recommencer : comme celui-ci le lui avait demandé, il alla inspecter les livres de M. Homais.

IV

1

Dès qu'il eut pénétré dans l'officine du pharmacien, il se trouva en pleine conspiration. Homais était en conversation avec Binet, le percepteur adjoint au maire et capitaine honoraire des pompiers. Binet-chasseur avait besoin d'une eau de cuivre pour dérouiller son fusil de chasse. Ensuite il lui fallait une demi-once d'arcanson et la même quantité de térébenthine, quatre onces de cire jaune, trois demi-onces de noir de fumée, fournitures, annonça-t-il avec un sourire de rat, nécessaires pour nettoyer le cuir verni de son équipement. Enfin, jetant un regard biais manifestant qu'il désapprouvait le passage de Remi chez Homais de même que sa présence dans le bourg, il sortit.

"Pauvre Binet, dit le pharmacien. Il est le premier braconnier de la région et croit que personne ne le sait ! Chaque matin, neige ou pas, malgré l'interdiction préfectorale et bien qu'il ait la charge officielle de percepteur, il s'en va dans un poste de guet qu'il s'est fait dans une demi-barrique placée le long de la Rieule, et de là tire les canards sauvages !

— Un point d'observation sur les canards de la Rieule, n'est-ce pas aussi un excellent point d'observation sur le bourg ? fit Remi, sans trop penser à ce qu'il disait.

— Certes, répondit Homais, mais pour espionner quoi ?"

Puis, s'effaçant pour le faire passer dans son arrière-boutique :

"Bienvenue dans la modeste caverne de la Science !" dit-il d'un ton solennel.

Cœur des mystères de la pharmacie et pourquoi pas de ceux de la petite ville, le laboratoire était installé au fond de l'arrière-boutique. Plaisantant, Homais l'appelait son "capharnaüm" bien qu'il y régnât un ordre parfait. Sur les étagères s'étalaient une multitude de flacons, cornues, mortiers, ainsi qu'une balance de chimiste à plateaux et un appareil à usage mystérieux où se lisait l'inscription écrite en ronde : "caléfacteur économique". S'y trouvait aussi un assortiment de bocaux contenant confitures, vinaigres, liqueurs douces ou amères, arômes, gélatines, etc., le tout de sa propre fabrication car, de même qu'il était aussi marchand de couleurs, le pharmacien de ces petites villes était également un peu épicier. Assis à une table sur laquelle était placé un réchaud à alcool, Justin, son préparateur, dix-sept ans environ, était occupé à emplir des cornets en papier de pastilles de gomme arabique appelées *Pastilles souveraines*, un remède universel dont l'apothicaire de Yonville se disait l'inventeur.

Aménagée dans l'épaisseur du mur et fermée à clef, trônait l'armoire aux deux battants de bois ciré. C'était le lieu secret de l'officine, le placard de sûreté où, selon la loi, restaient enfermés les poisons et les produits dangereux.

"Examinerez-vous en premier l'armoire ou bien les registres ? demanda Homais.

— L'armoire."

Ouvrant alors la serrure de l'armoire par une clef fixée à la chaîne de son gilet, Homais sortit un flacon de verre bleu empli à ras bord d'une poudre légèrement granuleuse. Ecrite de sa main, l'étiquette précisait : "Arsenic" et portait, deux fois soulignée, l'inscription : "Dangereux". Mirant ce flacon au reste de jour qui régnait dans l'arrière-boutique, il le montra à Remi.

"Voyez : le bouchon est intact. Examinons maintenant le contenu."

Alors, écartant sur la table les pastilles de gomme arabique du pauvre Justin, Homais retira le bouchon de verre du flacon. Il en versa le contenu en un petit cône blanc sur une des feuilles de papier gris posées sur la table, dont son préparateur tirait ses cornets. L'arsenic se trouva placé si près des pastilles de gomme que Remi eut une sorte de frayeur :

"N'est-ce pas ainsi qu'arrivent les accidents ? dit-il. Vous finiriez par me faire croire aux articles du journal.

— Ne craignez rien, répondit le pharmacien. C'est moi qui écris les articles du journal sur ce sujet et vous êtes ici chez un professionnel !"

La poudre était blanche et parfaitement homogène. Elle coulait du récipient de verre vers la feuille de papier avec l'aisance du sable dans un sablier. Remi songea qu'il aurait pu s'agir de n'importe quelle substance ordinaire, de sucre en poudre ou de farine à gâteaux, de poudre à blanchir les dents ou encore à récurer les casseroles.

"L'arsenic, poursuivit Homais, a cette particularité aussi remarquable qu'effrayante d'être d'une apparence parfaitement ordinaire et de n'avoir aucun goût. D'où l'impunité parfois si longue de nos grands empoisonneurs, de la marquise de Brinvilliers, de Mme Lafarge, de tant d'autres demeurés inconnus ! Pour l'identifier avec certitude, il n'existe qu'une méthode récemment développée à Paris par un célèbre médecin, le docteur Orfila : celle de l'Ecossais Marsh, aussi dite méthode du *charbon ardent*!"

A ce moment l'expression des yeux d'Homais devint si dramatique que Remi fut partagé entre l'envie de rire et la crainte que la préparation ne lui explose au visage. Il retint son souffle cependant que, prenant une cuillerée de poudre, Homais l'approchait avec précaution du réchaud à alcool. La flamme grésilla, une fumée blanche s'éleva, une odeur d'ail quasi satanique se répandit : l'auguste Marsh avait parlé, c'était bien de l'arsenic !... Posant alors un doigt sur la poudre, Homais la huma, l'approcha de ses lèvres, confirma : goût insipide.

"Maintenant le poids !"

Les deux plateaux de cuivre de la balance oscillèrent. Sur l'un Justin fit glisser le contenu de la feuille de papier, sur l'autre il ajusta de minuscules poids en laiton.

"Cent grammes ! dit-il avec recueillement.

— Cent grammes, répéta M. Homais qui nota gravement le chiffre. Exactement le poids porté sur mes livres !"

Le silence respectueux qui suivit consacra le triomphe du pharmacien. Quel démon alors poussa Remi à le tirer de son euphorie ?

"Verriez-vous un inconvénient à ce que j'emprunte quelque temps vos livres ?" demanda-t-il tout à coup.

Homais sursauta :

"Non, pourquoi ?

— Pour les examiner. Ensuite peut-être les verser au dossier d'une possible instruction.

— Justin, aide M. l'inspecteur à porter mes registres jusqu'à l'auberge !

— J'aurais voulu aussi emprunter votre flacon d'arsenic. Puis-je le sceller devant vous ?"

A nouveau Homais sembla interloqué mais ne souffla mot. De lui-même il présenta à la flamme du réchaud le bâtonnet de cire à sceller qu'on lui tendait.

Remi sortit, Justin portait les livres et le flacon. Sa lanterne à la main, il courait devant lui en sabots.

Et enfin, quand Remi se retrouva dans la grand-rue de Yonville, la nuit était tombée. Se retournant, il vit une allumette phosphorique s'enflammer derrière les vitres de la boutique. Homais allumait la chandelle qui chaque soir éclairait sa devanture et, comme autant de lanternes vénitiennes, les quatre grands bocaux d'eau verte ou rouge qui en faisaient l'ornement s'illuminèrent. Fut-ce l'effet de son imagination ? Il sembla à Remi que le pharmacien l'observait attentivement au travers de sa vitrine.

Un peu en retrait, d'une fenêtre mansardée située à l'étage dans la même maison, quelqu'un d'autre observait. C'était la jeune fille de l'autre jour, celle qui lui avait porté la lettre de son père pour venir visiter le laboratoire, la petite Marie Homais en somme. Elle tenait un bougeoir à la main ; autour de son cou, au loin, sa croix d'or brillait.

Tout le temps qu'il accompagna Remi jusqu'à l'auberge, le petit préparateur Justin ne dit pas un mot.

Demain à la diligence Remi enverrait à Rouen le flacon du pharmacien et demanderait à Delévoye de le faire examiner par d'Herville, au laboratoire de la préfecture.

Il rentra directement souper à l'auberge.

2

2 avril.

S'il avait bien compté, ce matin-là était son huitième à Yonville. Ouvrant sa fenêtre sur la cour de l'auberge, il nota que la bise avait cessé, que le temps était reparti au grand beau et grand froid, qu'un cheval tout sellé mené par Girart était arrivé pour lui de la Huchette. Rodolphe se défiait-il de ses talents de cavalier ou avait-il voulu se moquer de lui ? Le cheval qu'il lui prêtait était loin d'être un cheval de maître, c'était un paisible bourrin normand à la queue court coupée et aux jarrets arqués de bête de trait, vrai cheval de médecin de campagne ou de notaire de province, pas de gentilhomme en tout cas !

N'importe ! L'animal le regardait d'un œil doux et bienveillant, il paraissait docile et ferait l'affaire. Sous le regard goguenard de Girart, Remi eut du mal à l'enfourcher mais enfin réussit. Pourquoi ne pas profiter de ce temps de rêve pour visiter la région ? Le froid était vif, l'effet du soleil admirable sur la neige. Rivières et mares étaient gelées. Sous les sabots du cheval, les chemins creux envahis par la glace résonnaient comme autant de couloirs de caverne. Jusqu'au soir il courut la campagne. Il en revint grisé.

Au village on jasait. La veille, l'abbé Bournisien était venu le prévenir que des personnes "peu bienveillantes" avaient, "dans des conversations privées", mis en cause les méthodes de l'enquête et particulièrement celle des questions à témoins. Chacun se félicitait du départ de Delévoye mais se demandait pourquoi ce policier presque adolescent était encore là, occupé à on ne savait quoi. Si ces personnes étaient Lheureux ou Homais, ou Binet, ou encore l'abbé Bournisien lui-même, Remi n'en sut rien, d'ailleurs il ne s'en soucia pas. Selon Bournisien, c'était surtout les méthodes rustiques de Delévoye qu'on blâmait, mais on l'accusait lui aussi, le policier débutant, de prendre la population de Yonville pour une bande d'assassins ! Une lettre collective était même, disait-on, partie à ce sujet pour la préfecture de Rouen.

Face à ces tracas, les promenades à cheval tombaient à point.

Le même soir, à son retour près du feu de l'auberge, il se remémora ce qu'il avait vu dans la journée : les prés couverts de neige ou piqués de givre, les mares des cours de ferme transformées en patinoires, les haies d'épineux consumées par le gel, la fumée des cheminées montant doucement comme des brumes de saison au-dessus des maisons à colombages ; les tas de fumier chaud sorti à grands coups de fourche devant la porte des étables, les volailles frigorifiées, les canards perchés sur une patte et le cou de travers, enfin toute la Normandie l'hiver ! Se pouvait-il qu'il commençât à apprécier le froid inhabituel qui avait frappé le pays ? Mais surtout il y avait eu ces traces figées par le gel qu'il avait relevées sur la neige autour du village…

Plus précisément, à un moment où il s'engageait dans un chemin creux situé sur la montée entre Yonville et le manoir de Rodolphe, en un lieu où, passé la rivière, les bois s'interrompent pour faire place au grand plateau cultivé qui ensuite, cinq lieues plus loin, ira plonger vers la Seine et vers Rouen, son cheval broncha et faillit le jeter sur la glace : c'est alors que, regardant le sol, il avait remarqué des traces de pas fixées par le gel. Une sculpture en creux, une page sur la neige. Il mit pied à terre pour l'examiner.

Ces traces dataient des jours où la neige était molle mais la glace les avait préservées. C'étaient les traces de pas d'une femme, des *traces de fines bottines* exactement ! Pourquoi de telles empreintes sur un terrain aussi peu accessible ? Elles venaient d'en bas, sans doute des dernières maisons du bourg, puis continuaient dans l'autre sens en direction de la Huchette par un sentier qu'il se mit à remonter. Près du château, malheureusement, d'autres traces les avaient effacées. On ne les retrouvait que lorsque, redescendant au village par un autre itinéraire, elles coupaient à travers champs jusqu'à la lisière de Yonville, cette fois vers la maison Homais. Là encore, d'autres traces les avaient recouvertes.

Quelques jours auparavant, une femme était donc allée et venue entre la Huchette et la partie du village où se trouvait la maison du pharmacien. Comment, à l'examen des traces, ne pas songer aux pieds d'Emma tels que d'Herville et lui les avaient examinés après l'autopsie, couverts de boue et de griffures ? Si c'était elle qui était passée là peu avant sa mort, Rodolphe n'avait-il pas affirmé ne l'avoir plus revue à la Huchette depuis près de deux ans ? S'agissait-il alors d'une autre personne qu'Emma ? Ou celle-ci serait-elle venue voir quelqu'un d'autre à la Huchette ? Ne se serait-elle approchée du château que pour en repartir ensuite ? Ou Rodolphe avait-il tout simplement menti ?

Une seconde fois il retourna examiner les traces. Le regain de froid qui précédait la nuit les rendait plus révélatrices. Il recommença à les suivre. Les fers de son cheval crissaient sur la neige puis s'enfonçaient. Dès qu'ils s'étaient dégagés, la croûte de glace semblait se reformer derrière eux. Après quelques centaines de mètres, il se retrouva à l'arrière de la Huchette, près de bâtiments qui sans doute en étaient les communs. Des chiens tenus au chenil aboyèrent. Girart sortit de la demeure de son maître et resta un long moment debout, observant sans bouger. Reconnut-il Remi, reconnut-il le cheval ? Il rentra.

Alors ? Rodolphe aussi impliqué dans l'affaire ?

Le soleil se couchait, la nuit tombait. Au loin les grands arbres noirs qui entouraient la Huchette prenaient des allures de spectres. Revenu à l'auberge, Remi en retrouva avec soulagement la chaleur et les lumières.

*

Bovary se porta mieux. Quittant la maison du pharmacien, il était retourné chez lui où sa mère s'était installée et régnait en maîtresse, terrorisant la pauvre Félicité et l'accablant d'ordres contradictoires. Décidément le pauvre homme ne se soustrairait jamais à l'influence d'une femme ! Quoi qu'il fît, il s'en trouverait toujours une pour vouloir vivre avec lui et le régenter ! En compagnie de Remi, il recommença à chercher la lettre.

"Et pourtant elle existe ! répétait-il avec un accablement qui ne semblait pas feint. Elle m'était adressée et se trouvait dans le secrétaire où elle mettait toutes ses lettres. Je l'ai décachetée devant Homais et l'ai lue directement à haute voix. Je me souviens qu'elle commençait par ces mots : *«Qu'on n'accuse personne...»*, et qu'elle disait qu'elle avait volontairement pris de l'arsenic. C'est même ainsi qu'Homais et moi avons su comment commencer à la soigner."

Ensuite il l'avait mise il ne savait plus où. Peut-être même, dans son affolement, l'avait-il jetée au feu.

"En es-tu sûr ? Y avait-il du feu ce soir-là dans ta cheminée ? Qui l'avait allumé ? Emma ? La servante ? Toi ?" demanda Remi abruptement.

Curieusement, la question sembla prendre Bovary au dépourvu :

"Oui, il y en avait, du moins je le crois", dit-il après un temps de réflexion, comme s'il se fût interrogé sur la façon de ne pas se faire piéger par une possible contradiction. Ensuite il parut choqué que Remi ait pu douter de sa bonne foi.

La lettre ne se retrouvait pas. Certes il était étrange qu'un document d'une telle importance ait si extraordinairement disparu alors que, l'aurait-on retrouvé, il eût sur-le-champ disculpé tout le monde, mettant fin à cette enquête qui semblait tant inquiéter Yonville. Charles en avait-il inventé l'existence ? Aurait-il lu à Homais sans le lui montrer un faux document préparé à l'avance et destiné à le disculper ? De telles suppositions étaient graves. Jusqu'ici sa réputation d'ingénuité et d'aveuglement traçait une sorte de cercle d'innocence autour de Charles. Aurait-il su qu'Emma était morte en le trahissant, il semblait qu'il ne l'en aurait aimée que plus. C'en était presque déchirant : il était touchant, naïf et vulnérable comme un gamin. De plus il y avait l'enfant qu'elle portait dans son ventre et dont d'Herville avait découvert l'existence : comment imaginer que, le tuant, Charles eût du même coup condamné à mort un innocent qui lui aussi était son bien ?

Et pourtant ? Que lui-même et d'Herville savaient-ils exactement de Charles, sinon qu'au collège, quand tous trois avaient quinze ans, il était l'innocent de la classe dont chacun se moquait et qui sans broncher encaissait les pires avanies ? Sa limpidité était-elle celle qu'on croyait ? Lheureux n'avait-il pas prétendu que, du vivant même de sa première femme, il avait eu une liaison avec la jeune Emma ? N'était-il pas étrange que justement cette première femme, l'infortunée veuve Dubuc, soit morte au moment même où, la jeune fille se prétendant enceinte, il aurait pu vouloir régulariser sa liaison ? Et que, du moins selon Lheureux, elle fût morte des mêmes symptômes que ceux qui venaient d'emporter Emma Bovary ?

A peu près ceux de l'arsenic*.

Il s'indignait contre lui-même :

"Car enfin, se disait-il, un soupçon ne fait pas un crime !

— Certes, mais deux épouses disparaissant à point nommé et presque de la même manière !"

Un apprenti policier en pleine confusion et parlant tout seul ! On pouvait en rire ou simplement poser la question : ferait-il jamais un bon policier ?

Il lui arrivait d'en douter.

L'enquête piétinait, ce qui à Rouen probablement comblait Delévoye d'aise. Ici ou là, dans le bourg, Remi croisait Bournisien, Homais, Binet, Lheureux, Rodolphe, Lestiboudois le jardinier-fossoyeur, Guillaumin le notaire, Tuvache le maire, même Félicité la servante !... Saluts hâtifs, remarques sur la température et le ciel. Il y avait un effet de lac sur le visage des habitants de Yonville : une surface limpide, les profondeurs – s'il y en avait – cachées en dessous.

Mais sans doute la vérité était autre : c'était que, depuis le départ de Delévoye, il n'avait presque plus rien à faire. Situation propice aux sottises et aux songes !

*

Une nuit il eut un rêve naïf. Elle était vivante, il avait fait sa connaissance, il en avait fait sa chose, il la

---

* Inexact. Voir Flaubert : "Huit jours après, comme elle étendait du linge dans la cour, elle fut prise d'un crachement de sang, et le lendemain, tandis que Charles avait le dos tourné pour fermer la fenêtre, elle dit : «Ah ! mon Dieu !» poussa un soupir et s'évanouit. Elle était morte ! Quel étonnement !" (*Madame Bovary*, sur la mort de la première épouse de Charles.)

tenait entre ses bras. Il l'aimait, il la sauvait. Qui sait ? Il avait percé le secret de son malheur, il ferait son bonheur.

Il se réveilla et soudain se rappela qu'elle était morte.

Une autre nuit il en fit un autre (mais était-ce vraiment un rêve ?). Il revenait un soir d'une de ses courses à cheval. Il reposait dans cette grande salle du Lion-d'Or dont il avait fait son quartier général et où, il ne savait pourquoi, à cette heure généralement animée, ne se trouvaient ni clients ni personnel. Tout d'un coup la porte d'entrée s'entrouvrit et Hippolyte, le garçon d'auberge, passa le nez à l'huis. Claudiquant à cause de sa jambe de bois, un falot à la main, il avait l'air effaré. Voyant Remi seul, il lui fit signe de le suivre.

"Que veux-tu, Hippolyte ? Entre."

Mais l'autre, maladroitement calé sur sa jambe abîmée et coincé par la porte, ne voulait pas entrer et continuait ses signes. Finalement Remi se leva et, sans prendre le temps de passer son manteau, le rejoignit. Dehors la nuit était profonde.

"Puisque ton cheval n'est pas encore dessellé, dit Hippolyte (de quel droit le tutoyait-il ?), enfourche-le et suis-moi." Et il détala devant lui dans la neige, son falot à la main.

Il suivit. Malgré son pied, Hippolyte se montrait d'une agilité surprenante. Il se jouait des congères et des plaques de glace avec une adresse d'acrobate cependant que, renâclant, le bourrin de Remi peinait à suivre. Dans la nuit ils remontèrent le chemin qu'il avait pris dans l'autre sens avec Delévoye à son arrivée à Yonville, celui qui rejoignait la route de Rouen. A la croisée ils s'arrêtèrent et Hippolyte souffla son falot. Les étoiles dans le ciel clignaient comme les escarbilles d'un foyer, la plaine était couverte de neige, les arbres qui les entouraient avaient pris une dimension monstrueuse : pommiers centenaires et tordus, vieux chênes aux branches si déformées, si colossales, si noires, si torturées que c'en était invraisemblable. Il avait beau être dans un rêve, il sentait distinctement sur la peau la morsure du froid et les brûlures de la bise. A ses côtés, d'ailleurs, Hippolyte grelottait.

"Qu'attends-tu, Hippolyte ?"

Alors la chose se produisit. Exactement comme le soir de son arrivée à Yonville, dans un même bruit infernal venu peut-être de plus loin, une voiture encore plus grosse que celle de l'autre fois mais toujours attelée à quatre chevaux déboula à pleine vitesse de l'obscurité et les doubla, cette fois sans les voir. Quel spectacle ! Sa lanterne à peine éclairée, les rênes prises à deux mains, son fouet entre les dents, le cocher de l'attelage fou trouvait encore moyen d'exciter ses chevaux par des cris sauvages ; dans la voiture éclairée par un autre falot, des femmes en robe du soir aux épaules nues, des messieurs en habit, des valets en perruque et livrée, tout un monde infernal balancé l'un contre l'autre au rythme des mouvements de la caisse. En leur milieu, la vision : miracle de beauté et de candeur, la femme qu'il avait tenue entre ses bras dans l'autre rêve – Emma.

Une Emma effarée par ce qui se déroulait.

La voiture était passée comme un ouragan, Remi avait pris une giclée de neige dans les yeux. Quand il les rouvrit, tout avait disparu. Hippolyte abasourdi se trouvait à côté de lui, lui aussi souillé de boue.

"Hippolyte, qu'est-ce que c'est ? demanda-t-il.

— La *Chasse Hellequin*, fit Hippolyte. La voiture folle, les morts de l'année, on ne vous a pas dit ? Nous finirons tous là-dedans", ajouta-t-il, manifestement épouvanté.

Alors Remi se souvint : les haussements d'épaules incrédules de la mère Lefrançois quand, à leur arrivée à Yonville, Hivert avait sorti son explication d'invités revenant en retard du château de la Vaubyessard ou d'un autre. D'abord elle s'était mise en colère. Ensuite, marmonnant entre ses dents, elle avait mentionné une chevauchée fantôme, une galopade des morts, on ne savait quelle légende du pays. Certaines nuits une voiture courait les routes, entraînant avec elle toutes sortes de diables, démons et diablesses... Et avec eux les défunts de l'année.

"Avez-vous remarqué ? dit Hippolyte, les yeux écarquillés. Mme Emma y était."

En effet Remi l'avait aperçue aussi, telle du moins qu'elle lui était apparue dans l'autre rêve. Plus tard, quand il se réveilla et reprit une sorte de conscience dans sa petite chambre du Lion-d'Or, il s'aperçut que le jour se levait. La croisée était ouverte, était-ce la cause du froid glacial qu'il avait ressenti ? Dehors retentissait un bruit infernal d'essieux et de roues qui mordaient la glace, mais ce n'était plus la *Chasse Hellequin* qui passait, c'étaient les premières charrettes des rouliers montant sur Paris avec la marée. Debout sur le pas de sa porte, la mère Lefrançois servait sa première soupe du matin.

"Hier, dit-elle en le voyant paraître, j'ai vu dans le pré d'en bas trois poules noires qui couraient ensemble sur la neige. Hivert, rentrant la diligence dans la cour, a trouvé une grosse chauve-souris crucifiée sur la porte de la grange. Tout cela est présage. On nous cherche du mal, serons-nous jamais au bout de nos ennuis ?

— Moi aussi j'ai mal dormi, répondit-il. M. Delévoye m'avait prévenu : il y a trop de bruit dans votre cour."

Mme Lefrançois protesta : de toute la nuit, du moins avant l'arrivée des rouliers qui n'étaient là que depuis quelques minutes, il n'y avait pas eu le moindre bruit. Si elle disait la vérité, pourquoi ce passage tonitruant de la *Chasse Hellequin*?

Pure lassitude, depuis quelques jours il avait cessé d'envoyer ses rapports à Rouen. Aucune réaction de Delévoye, le temps s'écoulait. L'avait-on oublié ?

Il était clair que son séjour à Yonville se prolongeait excessivement. Il était trop seul, il se prenait à délirer, il avait de stupides visions, il était fatigué et déçu. Que les livres de comptes de M. Homais fussent bien ou mal tenus, que traces de pas ou non se trouvassent dans la neige, que la passion de M. Rodolphe soit éteinte ou mal éteinte, que les langueurs de M. Léon aient été romantiques ou classiques, quelle importance ? Finalement oui, il se l'avouait : il aspirait à quitter Yonville et oublier cette affaire.

3

La lettre de d'Herville le ranima :

PRÉFECTURE DE ROUEN
Service de médecine médico-légale
Le docteur G. d'Herville
Expert auprès des tribunaux

A Monsieur,
Monsieur l'inspecteur Remi X,
Yonville-l'Abbaye
Auberge du Lion-d'Or
par la diligence, aux bons soins de M. Hivert
(CONFIDENTIEL ET PERSONNEL)

A Rouen, ce 5 avril 1846.

Mon cher Remi,
Comme tu l'avais demandé, j'ai examiné le flacon d'Homais que m'a fait passer Delévoye et il y a

du nouveau ! Je t'envoie demain le rapport officiel. D'ores et déjà je puis te préciser que si le produit contenu dans le flacon pèse effectivement les cent grammes mentionnés sur l'étiquette, il est, après analyse, composé non pas d'arsenic pur, mais d'un mélange homogène de deux produits d'apparence semblable et cependant totalement distincts, à savoir :

– de l'arsenic, ou encore acide arsénieux, pour soixante-dix grammes ;

– du sucre broyé ordinaire, à raison de trente grammes.

Oui ! il manque trente grammes à la provision de l'ami Homais (dans son enthousiasme, d'Herville avait trois fois souligné le mot "manque"). *Ces trente grammes ont été prélevés et remplacés par du sucre mélangé au reste de l'arsenic de façon si parfaite que la manipulation est indécelable à l'œil nu. Il est clair qu'on a voulu dissimuler le prélèvement.*

J'ai bien ri en lisant ta description de la méthode homéesque attribuée à Marsh et employée devant toi par notre savant yonvillais. Sache qu'elle ne signifie rien en ce qui concerne notre affaire, car si en effet elle décèle la présence d'arsenic, elle ne dit pas si celui-ci est mélangé ou à l'état pur !

Autre détail qui t'intéressera : le premier échantillon d'arsenic en ma possession, je veux dire celui que j'avais recueilli dans l'estomac de la patiente lors de son autopsie ainsi que dans les cuvettes qui ont contenu ses vomissures (donc ce qui a été clairement ingurgité par elle), est pur à cent pour cent et parfaitement analogue à celui qui devait se trouver dans le flacon avant l'ajout de sucre. Ce n'est donc pas le mélange actuellement contenu dans le flacon d'Homais qui a causé l'empoisonnement, mais peut-être ce que ce flacon contenait avant *le mélange. Les dosages concordent : je te rappelle que dans mon rapport j'indiquais qu'elle avait ingurgité environ trente grammes d'arsenic pur sous forme de poudre !*

Je ne sais ce que tu feras de cette découverte. Voilà en tout cas la suffisance de notre cher Homais quelque peu enfoncée ! Je n'ai point informé Delévoye de la nouvelle car je ne sais ce qui lui arrive. A-t-il des ennuis ? Est-il furieux d'avoir été écarté de l'enquête ? A-t-il reçu des consignes de sa hiérarchie ? Il me fuit, il semble ne plus vouloir mentionner l'affaire. J'ai essayé de lui parler, mais c'est comme si ni toi, ni Yonville, ni la femme Bovary n'avaient jamais existé. Je t'enverrai d'autres nouvelles si jamais j'en obtiens.

A bientôt, fidèlement.
Ton ami,

G. D'HERVILLE.

V

1

Alors, à nouveau Homais ?

Il réfléchissait à ce qu'il devait faire. Puis, d'un seul coup, retirant ses jambes bottées de la table où il les tenait commodément installées, il appela Hippolyte et l'envoya chercher le pharmacien.

Quelques instants plus tard, il eut devant lui celui-ci tout essoufflé, vêtu d'un vaste et ridicule manteau noir lui descendant jusqu'à la cheville et auquel pendaient encore des fils de couture. Ainsi le grand homme de la petite ville se tenait-il coi devant lui, incertain des raisons pour lesquelles il était convoqué.

"Pardonnez ma tenue, inspecteur, dit-il. Je réessayais le manteau que j'ai inauguré à la cérémonie. Il ne tombe pas bien, ma femme a voulu le reprendre.

— Quelle cérémonie ?

— Eh bien, l'enterrement d'Emma.

— Monsieur Homais, reprit alors sévèrement Remi, vous vous souvenez du flacon que je vous ai emprunté l'autre jour pour le faire analyser par Rouen ? J'ai la réponse : votre flacon pose problème.

— Ah oui, lequel ?

— N'était-il pas supposé contenir cent grammes de poudre d'arsenic à l'état pur ?

— Oui.

— L'expertise faite à Rouen indique qu'il n'en contient que soixante-dix. Trente grammes manquent, c'est à peu près la quantité absorbée par Mme Bovary.

— Impossible. Quand je vous l'ai confié, le flacon était plein à ras bord. Vous l'avez constaté vous-même.

— Trente grammes en ont été prélevés, puis on s'est efforcé de dissimuler ce prélèvement en ajoutant une autre substance.

— Vous plaisantez ! Quelle substance ?

— A votre avis, que peut-on mêler à de l'arsenic sans que cela se voie ?

— Je vous l'ai dit, à peu près n'importe quoi pourvu que ce soit une poudre blanche homogène : de la gomme arabique, de la poudre de coco, de la chaux médicinale, du sucre râpé, de la farine, ce que vous voudrez !

— Du sucre ?

— Oui, s'il est soigneusement râpé.

— Justement, l'arsenic de votre flacon a été mélangé de sucre en poudre."

Pour le moment rien ne semblait devoir désarmer l'apothicaire. Son regard se plissa même d'ironie :

"Vraiment ? dit-il. Quelle coïncidence ! L'article du *Fanal de Rouen* ne parle-t-il pas justement d'un accident domestique qui se serait produit lors de la confection d'une crème à la vanille ?

— Ne plaisantez pas, monsieur Homais. Vous savez très bien qui a écrit l'article du *Fanal*.

— Bien entendu je sais que c'est moi, mais est-ce une raison pour qu'il soit faux ? Vous devriez savoir que je suis le correspondant officiel de plusieurs journaux à Yonville, avec plus d'influence et placé plus haut dans le département que peut-être vous ne pensez.

— Je le sais. Expliquez-moi pourtant la présence de sucre dans votre provision d'arsenic.

— Si elle est vraie, comment pourrais-je savoir ? Elle est inexplicable.

— A part vous, qui a accès à l'armoire aux poisons de votre cabinet ? Votre préparateur Justin ?

— Personne. L'armoire est fermée à clef, sa clef toujours accrochée à la chaîne de montre de mon gilet.

— Toujours ?

— Oui.

— Vous êtes donc le seul à avoir accès à l'arsenic ?

— Si l'on veut. De sorte que je puis vous garantir qu'il n'y a pas eu de prélèvement et qu'il existe une autre explication."

Tout d'un coup il se frappa le front :

"Attendez !"

Avant que Remi ait pu le retenir, il avait quitté la pièce. Miroirs déformants et presque comiques, les verres bombés en cul de bouteille qui garnissaient les fenêtres de l'auberge reflétèrent un instant la silhouette noire et dégingandée franchissant la rue verglacée avec des allures de patineur débutant ; et ensuite gagnant la pharmacie.

Une demi-heure après il n'était pas revenu. Et quand enfin il revint, il poussait devant lui son préparateur, le jeune Justin, effaré dans sa blouse neuve.

"Vous avez devant vous l'entière explication, dit-il. Ce petit scélérat m'a tout avoué."

Cependant Justin demeurait sans mot dire.

"Eh bien, Justin, parle, fit Remi.

— C'est vrai. C'est moi qui ai donné l'arsenic à Mme Bovary juste avant sa mort.

— Comment ça ?

— La veille du décès, vers six heures du soir, alors qu'il faisait presque nuit, je me trouvais dans la cuisine de M. Homais. Mme Bovary a frappé, non à la porte principale, mais à celle de derrière, celle qui donne sur la cour, dans la cuisine. M. et Mme Homais ne pouvaient entendre. Ils soupaient en famille dans la salle à manger.

— Que faisais-tu dans leur cuisine à cette heure ?"

Homais hésita un instant :

"Justin, avoua-t-il, vient servir à table quand il a fini son travail à la pharmacie. C'est tout profit pour chacun : il me sert de domestique et apprend gratuitement les manières d'une bonne maison ; moi j'épargne sur les gages de la servante.

— Continue, Justin.

— Je venais de revenir de servir le potage dans la salle à manger quand Mme Bovary a frappé à la porte vitrée de la cuisine. Elle avait couru et semblait affolée. Elle était en cheveux et sans manteau, sa robe et ses souliers avaient pris de la neige et de la boue. Elle avait griffé ses mains et ses pieds à des épines.

— Tu es sûr de ça ?

— D'abord j'ai pris peur de la voir ainsi, ensuite je me suis rendu compte qu'elle avait encore plus peur que moi. Elle m'a fait signe de me taire et de la faire entrer. Une fois entrée, elle m'a demandé de lui délivrer une mesure d'arsenic : elle en avait immédiatement besoin, a-t-elle dit, pour détruire des rats qui s'étaient mis dans sa maison.

— *Immédiatement* besoin ?

— J'ai répondu qu'on ne délivrait pas de prescriptions à cette heure, que de plus il fallait une ordonnance, remplir les livres. En outre l'arsenic est sous clef dans le cabinet de M. Homais, et celui-ci garde toujours la clef sur lui.

— Et alors ?

— Alors ce soir-là la clef était restée sur la porte du cabinet car M. Homais l'y avait oubliée.

— Impardonnable distraction de ma part, interrompit Homais en blêmissant. Tout de suite après le souper je me suis aperçu de cet oubli et suis allé immédiatement reprendre la clef pour la remettre à mon gilet. Hélas, il était trop tard !

— Mme Bovary, continua Justin, m'a ordonné d'ouvrir le cabinet, croyez que je l'ai fait à contre-cœur ! Nous sommes entrés tous deux sans faire de bruit dans la réserve. J'ai ouvert le placard et lui ai désigné le flacon. Elle s'est jetée dessus et en a pris plusieurs mesures qu'elle a mises dans un verre. A ce moment M. Homais a sonné pour appeler et Mme Bovary s'est enfuie. Je suis revenu dans la salle à manger, j'ai ramassé la soupière et les assiettes à soupe, je suis retourné ensuite dans le cabinet et ai rangé le flacon aussi vite que j'ai pu. J'ai refermé le cabinet à clef. J'ai remis la clef au clou et suis retourné à la salle à manger pour apporter le rôt. M. Homais était en colère : il m'accusait de lambiner.

— Et le sucre ?

— Quel sucre ?

— Rappelle-toi que tu as rajouté dans le flacon du sucre qui se trouvait dans la cuisine et que tu as tout mélangé, dit Homais. Petit scélérat ! reprit-il, tu ne respectes rien : je te nourris, je t'habille, je t'éduque, et tu es la cause de tout !

— Je ne l'ai pas fait exprès.

— Va ! J'avais bien remarqué que ces jours-ci tu pleurais toutes les larmes de ton corps. A te voir à l'enterrement, j'aurais dû me douter de quelque chose.

— Elle voulait mourir, s'écria Justin. Allez, la pauvre était bien malheureuse !

— Toute femme se croit malheureuse, énonça sentencieusement Homais, et naturellement c'est toujours par notre faute. Comme si nous autres, pauvres hommes, avions quoi que ce soit à voir avec l'éternelle insatisfaction féminine !"

Remi intervint :

"Justin, dit-il, retourne à ton travail. S'il le faut, je te ferai appeler plus tard. Monsieur Homais, restez un moment avec moi."

Justin sortit.

"J'ai du mal à croire à cette histoire, dit Remi à Homais. Ne m'avez-vous pas certifié que la clef ne quittait jamais votre gousset ?

— Je vous ai dit : une erreur de ma part, répondit Homais. Quand je pense qu'en plus j'ai oublié de vous en parler !

— Mme Bovary savait-elle que vous possédiez de l'arsenic ?

— Tout pharmacien en a. Sans y penser, son mari lui aura parlé un jour de mon armoire à poisons.

— Comment connaissait-elle la dose exacte qu'il faut pour ne pas se manquer ?

— Ah, monsieur Remi, que voilà la bonne question ! Ne croyez-vous pas que si, parmi les humains, chacun connaissait exactement la dose qu'il faut à coup sûr pour ne pas se manquer, il y aurait beaucoup plus de gens à se suicider ? Par hasard M. Bovary lui aura indiqué la dose approximative et elle aura sauté le pas. A moins que Justin lui-même ne l'ait aidée à la calculer, auquel cas le garnement serait beaucoup plus coupable qu'on ne pense.

— Autre point : Justin a semblé étonné quand j'ai parlé de sucre. Il venait d'expliquer qu'après avoir servi Mme Bovary, il avait dû se dépêcher pour remettre le flacon bleu en place car à ce moment-là vous sonniez pour l'appeler. Or mon correspondant à Rouen me précise que l'arsenic et son complément de sucre ont été *soigneusement* mélangés. Comment mélange-t-on soigneusement deux produits aussi différents l'un de l'autre en si peu de temps, alors qu'on vous appelle de la salle à manger et qu'on vous reproche de tarder ? Comment

Julien a-t-il trouvé tout de suite du sucre moulu ? Comment a-t-il calculé la dose exacte qui manquait au flacon puisque la balance est dans le laboratoire ?

— Il y a une autre balance dans la cuisine. Quant au sucre, la cuisinière en avait dans l'après-midi râpé un pain pour une crème qu'elle devait nous servir à souper.

— Une recette de crème à la vanille à la *Fanal de Rouen*, sans doute ?

— A votre tour de ne pas vous moquer.

— Seconde chose : quand dans la soirée M. Bovary vient demander votre aide car sa femme ressent des douleurs et des vomissements, et que vous déterminez avec lui que c'est de l'arsenic qu'elle a pris, vous est-il venu à l'esprit que cet arsenic pouvait provenir de chez vous ?

— Vous ne m'attraperez pas ainsi ! Je vous l'ai dit : c'est par la lettre trouvée dans le secrétaire par Bovary que nous avons su qu'Emma s'était empoisonnée à l'arsenic, non par la diminution du niveau de poudre dans mon flacon !

— Où est cette lettre ? Personne ne la trouve.

— Pas dans ma poche en tout cas, dit-il. Si elle a disparu, est-ce ma faute ? Bovary me l'a montrée ce soir-là, j'en suis sûr et c'est tout, mais alors nous avions bien autre chose à faire qu'à songer à la conserver ! Lui et moi nous entraidons parfois pour les affaires délicates, par exemple celle de l'opération du pied bot d'Hippolyte, le garçon d'écurie du Lion-d'Or – intervention qui n'a d'ailleurs pas si bien réussi que ça ! Dès que nous avons su que c'était de l'arsenic, nous avons fouillé ensemble dans un *Dictionnaire de médecine* en cinq volumes que M. Bovary avait par bonheur, ainsi que dans *L'Annuaire médical* auquel il est abonné. Certaines pages n'avaient jamais été coupées, nous ne trouvions pas l'article sur les antidotes, nous confondions tout, c'était terrible !... En désespoir de cause c'est moi qui ai eu l'idée d'envoyer chez les docteurs Canivet et Larivière. Justin et Hippolyte sont alors partis à cheval les chercher chacun dans la nuit.

— Mme Bovary a été absente de chez elle tout l'après-midi du 23 qui a précédé sa mort. A votre avis, d'où venait-elle quand Justin prétend lui avoir donné chez vous l'arsenic ?

— Comment voulez-vous que je sache ? De chez elle ou de chez M. Boulanger peut-être.

— Pourquoi M. Boulanger ?

— Parce que chacun dans ce village – sauf ce pauvre Charles, et encore ce n'est pas sûr ! – connaissait les liens qu'il y a eu entre Mme Bovary et M. Rodolphe. Après tout, pourquoi n'aurait-elle pas été lui demander du secours contre la saisie ? Avec le notaire et Binet (je ne parle pas de Lheureux, de tous c'est peut-être le plus riche mais il est avare comme un pou !), il est le seul à Yonville à avoir de l'argent. Elle est peut-être aussi allée chez chacun de ces individus. Vous devriez vérifier.

— Elle n'est pas allée chez vous ?

— Non. Elle sait que je n'ai comme biens que ma famille, la pharmacie et ma maison.

— A votre connaissance, M. Rodolphe possédait-il de l'arsenic ? Vous en a-t-il jamais acheté ?

— Une fois, monsieur, et il y a très longtemps ! Je me souviens que l'ordonnance était signée de M. Bovary et que le traitement à base d'arsenic et de mercure qui était prescrit m'a fait penser que M. Rodolphe devait souffrir de quelque affection vénérienne. La chose qui m'a étonné à l'époque, c'est que ce genre de maladie demande en général un traitement long et répété, or M. Rodolphe n'a jamais renouvelé son achat. J'en ai conclu que le docteur Bovary l'approvisionnait ou que M. Rodolphe en achetait ailleurs. Ensuite je n'y ai plus songé...

Est-ce tout ce que vous vouliez savoir ? Quel soulagement que ce misérable petit Justin ait enfin avoué ! S'il y a une suite, tenez-moi informé.

— Nous nous reverrons, monsieur Homais.
— A votre disposition."

2

Ou bien Charles, qui pourtant depuis le début avait si naturellement joué le personnage du mari aveugle et abusé ?

Sur Charles aussi, quelques incertitudes régnaient. Comment les éclaircir ?

Il allait de mieux en mieux, son calme étonnait. Etait-ce le signe de sa totale innocence ? Ou la sérénité retrouvée du coupable qui, après l'angoisse terrible des jours où il a cru devoir être découvert, vient de comprendre enfin que très probablement, faute d'indices, il ne sera jamais démasqué ?

"Chacun est si bon pour moi !" s'exclamait-il.

Sans pour autant renoncer à la piste des traces menant à la Huchette et même à la thèse du suicide, Remi lui reposa les mêmes questions sur le flacon d'arsenic et la prétendue lettre d'Emma.

"D'arsenic je n'ai pas, continuait-il à dire. Si j'en avais eu besoin, j'aurais fait une ordonnance à Homais.

— Mais la lettre ? Qui t'a fait deviner qu'elle était dans le secrétaire ?

— C'est là qu'elle rangeait ses affaires personnelles. J'ai pensé que peut-être…"

Réelle ou feinte, la naïveté de Charles allait jusqu'à s'étonner qu'il y eût enquête. S'il y avait un responsable, disait-il, n'était-ce pas lui ? Même mille fois innocent, un mari n'est-il pas mille fois coupable si sa femme trouve un jour une seule raison de se suicider ?

Remi ne put s'empêcher de sourire :

"Charles, même s'il existait, un tel mari n'est sûrement pas le genre de coupable que nous recherchons. Pas la police en tout cas."

A nouveau il posa des questions sur son emploi du temps dans la fameuse journée du 23. Qu'avait-il fait ce jour-là ? L'autre répondait sans fard ni malice. Le matin, comme d'habitude, il avait sellé lui-même son cheval pour aller à ses consultations. Il n'avait pas vu l'affiche de saisie placardée sur la halle et ce n'est qu'à son retour à la maison qu'il avait appris son existence par les cris de la servante.

Alors le ciel lui était tombé sur la tête. Parti de chez lui comme pour un jour ordinaire, il avait à son retour trouvé son repas non prêt, son feu non allumé ou éteint, sa femme disparue, sa servante en pleurs, sa maison en vente ! Il avait crié, tempêté, pleuré, failli s'évanouir plusieurs fois. Enfin il s'était dit que peut-être Emma était allée à Rouen (elle s'y rendait souvent ces derniers temps, prétextant des leçons de piano) et qu'elle reviendrait avec Hivert par la diligence. N'y tenant plus et malgré la neige, il avait pris à pied le chemin qui de Yonville rejoignait la route de Rouen. Après avoir marché une grande demi-lieue, il n'avait croisé ni l'*Hirondelle* ni sa femme. Désespéré, il était rentré chez lui pour y trouver une Emma qui, étrangement calme et ayant déjà pris le poison, s'était couchée et refusait de parler.

"C'était horrible, dit-il. Elle était pâle comme la mort, elle a commencé à vomir, elle criait, elle se débattait. Ces éponges, ces brocs, ces cuvettes ! C'est alors que, forçant la serrure de son secrétaire, j'ai découvert la lettre.

— Vers quelle heure t'es-tu trouvé sur la grand-route ? Quelqu'un t'a-t-il vu ?

— Il devait être cinq heures du soir, il faisait déjà presque nuit. Non, je n'ai vu personne, sauf une voiture qui, au loin, roulait en direction de Rouen. Je suis rentré presque tout de suite."

Quittant Charles, Remi dut subir les larmes de Mme Bovary mère qui voulut le raccompagner jusqu'au bas de la maison. Descendant avec elle dans l'escalier, il se ressouvint des traces de pas sur la neige. N'était-ce pas celles des bottines tachées de boue et de neige que d'Herville avait trouvées aux pieds d'Emma quand il avait examiné le corps ? Où étaient-elles maintenant ? Pouvait-on les comparer aux empreintes ?

Mme Bovary mère se souvenait parfaitement des bottines. On les lui avait rendues quand on avait déshabillé le corps, elle les avait jetées toutes souillées dans le bas d'un placard de la maison. La veille même, elle les avait voulu jeter au feu mais Charles l'en avait empêchée. Il voulait garder toutes ses robes et ses affaires.

"Puis-je vous emprunter un moment ces chaussures ?

— Oui, si vous les rendez."

Prenant ces souliers, Remi courut à cheval les confronter aux traces. Aucun doute, les empreintes correspondaient aux souliers d'Emma. C'était bien elle qui s'était aventurée sur la neige de ce chemin creux entre Yonville et la Huchette, puis vers la maison de M. Homais !

Et désormais le déroulement des faits s'affinait encore : l'après-midi du 23, Charles va et vient sur la route de Rouen, espérant sa femme et la diligence. Pendant ce temps, l'argent lui ayant été refusé par Rodolphe, Emma file chez Homais, obtient le poison.

Charles rentre à la maison, la tragédie est consommée.

"Sauf que…"

Quelle voix imaginaire avait ainsi murmuré à son oreille ? On aurait dit celle de Delévoye, quelle étrangeté !

3

Le lendemain, sur une des tables cirées de frais de la grande salle, Remi avait décidé de recommencer la rédaction de ses rapports à Delévoye quand le grelot de la porte du Lion-d'Or retentit et parut la face rougeaude de l'abbé Bournisien.

Ayant en apparence oublié ses préjugés contre les lieux publics, le curé se frotta les mains et s'approcha du feu.

"Quel vrai bonheur qu'un bon feu ! dit-il. Et qu'il est étonnant que Dieu le réserve à ses damnés alors que, d'après la description du Paradis que j'ai lue, rien n'est prévu pour chauffer ses élus ! Mais dites-moi, jeune homme : vous n'êtes point sorti ce matin.

— J'avais du travail.

— Seriez-vous sorti que vous auriez noté quelque chose. Le temps est en train de changer. La girouette de l'église a tourné, le vent s'est levé depuis la côte Saint-Jean. La neige fond, c'est le dégel. Sous peu la rivière se remettra à couler. Cette plaisanterie d'hiver prolongé est enfin terminée !

— Ce n'est pas trop tôt. Qui aurait imaginé un temps pareil au mois de mars en Normandie ?

— Plus rien ne ressemble à rien depuis un certain temps, murmura le curé. Adam aussi l'avait noté après la faute."

Son regard cherchait obstinément celui de Remi. On aurait dit qu'il cherchait un sujet, n'importe lequel, pour échanger quelques mots avec lui.

"Bien qu'improvisé, l'enterrement de l'autre jour s'est bien passé, poursuivit-il. Votre patron et vous y assistiez. Vous a-t-il plu ? Ou plutôt je voulais dire : y avez-vous trouvé ce que vous y cherchiez ?

— Tout Yonville y était présent, mais il semble qu'il y ait eu bien peu de vraies larmes répandues.

— Des larmes ? Pourquoi auriez-vous voulu qu'on pleure sur une pécheresse ? Mais c'est vrai : à part Bovary et le petit Justin, personne ne pleurait.

— Pourquoi Justin ? Avait-il quelque chose à se reprocher ?

— Non, bien sûr que non ! Simplement ses larmes cachaient une autre histoire, mais je ne sais si je dois vous la raconter : ce n'est pas une histoire pour la police, c'est plutôt une histoire de cœur.

— Racontez, sinon je vous fais inculper pour refus de témoignage."

L'abbé lui jeta un regard malicieux :

"Eh bien, croyez-moi ou non, ce petit diable était en secret amoureux de Mme Bovary. Oui ! il s'incrustait sans cesse dans sa maison, tournait autour de ses jupes, tenait ses écheveaux de laine quand elle avait fantaisie de faire ses pelotes, si bien qu'à le voir toujours fourré chez les Bovary, cet imbécile d'Homais avait fini par croire que Justin était amoureux de Félicité... De Félicité, la bonne d'Emma, vous vous rendez compte ! Moi je savais la vérité, tout simplement parce que je confesse les jeunes gens.

— Mais le secret de la confession, monsieur le curé ?

— Oh ! ce n'était pas un secret de confession, c'était un secret tout court : un jour il me l'a dit le plus simplement du monde, et croyez-moi sans me demander l'absolution ! Il aimait Mme Bovary d'un amour angélique et se désolait que celle-ci ne remarquât rien. Il se serait jeté au feu si seulement elle le lui avait demandé !

— Au point de commettre des actes illicites ?

— Illicites ?... Non, ce pauvre enfant est trop innocent pour ça ! De quels actes illicites voulez-vous parler ?

— D'aucun en particulier et vous avez raison : c'est un enfant."

L'horloge du clocher fit entendre un tintement clair, les coups de midi qu'elle sonnait retentirent comme un appel. L'abbé se frotta l'épigastre au-dessus de l'estomac.

"Midi, fit-il. Si l'heure que cette pendule indique est exacte, j'ai une proposition à vous faire. Comme la plupart les femmes de ce bourg, je confesse la mère Lefrançois. Vaste besogne, car, croyez-moi, en Normandie comme ailleurs, les femmes ont beaucoup plus qu'on ne croit à se faire pardonner mais ici en plus elles chicanent ! La dernière fois qu'elle est venue me demander l'absolution, elle a commencé à discuter sur ses péchés, elle voulait marchander, etc. Ma foi, elle m'a fatigué. Je ne lui ai rien donné du tout et lui ai dit de revenir, juste pour lui apprendre à réfléchir. Du coup nous sommes *en compte* elle et moi, et voici mon idée : imaginons que, pour solder le tout, j'aille négocier un bon repas pour deux, à l'abri des regards indiscrets. Une affaire pour elle, et pourquoi pas pour nous ? Installez-vous à table en attendant."

O l'admirable prêtre !

Remi ignora toujours à quel prix exactement Bournisien avait fait tope là avec la mère Lefrançois. En tout cas celle-ci se surpassa. Et jamais il n'avait mangé aussi bien que ce jour-là, au Lion-d'Or, sur l'invitation de M. Bournisien, le modeste curé de la paroisse de Yonville-l'Abbaye !

En outre, il avait appris une chose inattendue : ce jeune Justin de rien du tout avait été amoureux d'Emma. L'histoire lui en rappelait une autre : celle du gamin frigorifié qui, déjà les larmes aux yeux, attendait la nuit sous les fenêtres de la maison Bovary. N'était-ce pas ce même petit Justin qui avait fui devant lui, le premier soir de son arrivée, à Yonville ?

4

Etait-ce la revanche de Satan au sujet du marché si peu catholique par lequel Mme Lefrançois s'était retrouvée absoute ? Le festin de Bournisien avait alourdi Remi, l'estomac lui pesait. Pour se dégourdir, il décida de marcher dans l'unique rue de Yonville. La bombance avait duré, l'heure était tardive. Le bon curé avait raison, le dégel commençait. Aux toits, les gouttières crachaient l'eau, des fontaines s'étaient ranimées, des filets d'eau se pressaient vers la Rieule. Aux branches des arbres, les passereaux ébouriffés lissaient leurs plumes, les léchant précautionneusement comme ils l'eussent fait de graves blessures.

A peine avait-il fait cent mètres vers le pont sur la Rieule que, venant d'un coin d'ombre, il entendit une sorte de "psitt". La jeune fille Homais l'appelait d'une porte cochère où elle semblait s'être embusquée.

"Que veux-tu ?

— Je suis Marie, la fille de M. Homais.

— Je sais, je t'ai bien reconnue. C'est toi qui l'autre jour m'as porté la lettre. Eh bien ?

— Venez par ici (et elle lui prit carrément les poignets pour l'attirer dans un coin abrité de la porte cochère). Je dois vous parler.

— Tout le monde va nous voir. Que veux-tu ?

— Papa dit que vous êtes haut placé dans la police et que vous effectuez une enquête sur la mort d'Emma.

— C'est exact, à ceci près que je ne suis pas haut placé dans la police.

— Est-il vrai que Justin s'est accusé d'avoir remis du poison à Mme Bovary et qu'on va l'emmener en prison à Rouen ?

— C'est vrai."

Ses yeux :

"Ne croyez pas Justin. Je le connais, il est bon. Il a eu peur de mon père et a menti. Jamais il n'a donné de poison à Emma Bovary.

— Qu'en sais-tu, petite drôlesse ? Comprends-tu l'importance de ce que tu viens de dire ?

— J'ai une autre question à vous poser, elle aussi très importante : aimez-vous quelqu'un, êtes-vous déjà marié ?

— Non, dit-il, qu'est-ce que ça peut te faire ? Et toi, aimes-tu quelqu'un ?"

Elle lui lâcha les poignets :

"Parfois j'aime Justin, dit-elle. Parfois je ne l'aime plus, maintenant c'est vous que j'aime.

— Arrête, petite folle, dis tout de suite ce que tu sais sur l'arsenic !"

Mais c'était trop tard : une fois de plus elle avait fui.

5

La nuit tombait et, à mesure qu'il approchait du Lion-d'Or, les bruits du dégel retentissaient autour de lui. Des grelots se firent entendre, l'*Hirondelle* arrivait de Rouen, la vie recommençait ! Dans la cour de l'auberge parut Hippolyte le boiteux qui, agitant un fanal, s'apprêtait à décharger les colis placés sous la bâche. En même temps, à intervalles réguliers, retentissait le claquement sec des boules de billard de deux voyageurs de commerce bloqués à l'auberge depuis plusieurs jours à cause du temps et qui avaient pris possession de la salle du bas. En face, dans la boutique du pharmacien, quelqu'un alluma la chandelle auprès des bocaux et la rue s'éclaira d'une lueur profonde rouge et vert. Sa journée finie à la pharmacie, le petit esclave de Justin se dirigeait par la rue jusqu'à la cuisine d'Homais où l'attendait le reste de son service.

Debout dans l'obscurité, Remi écouta un temps le cliquetis des cuillers et des assiettes de la famille Homais finissant son souper. Enfin la chandelle de la devanture de la pharmacie vacilla et sembla devoir s'éteindre, la porte cochère s'entrouvrit. Justin en sortit comme un chat, clopinant entre les flaques d'eau.

Où allait-il ?

Il prit la direction de la halle et de l'église, et Remi traversa la rue pour le suivre.

Maintenant ils avaient pénétré l'un à la suite de l'autre dans le cimetière entourant l'église et autour d'eux tout était silencieux et obscur. Seul le soupir de la rivière désormais dégagée se faisait entendre vers le bas du village, en même temps que plus loin, beaucoup plus loin, presque à l'infini, les chiens de la Huchette aboyaient dans leur chenil. "Un vrai temps à ce que la fameuse *Chasse Hellequin* passe", se prit-il à penser – sans naturellement trop y croire.

Soudain un mouvement se produisit derrière l'aiguille du clocher et la lune surgit brusquement dans un ciel désormais dégagé de ses nuages. Tout s'éclaira d'une subite lueur d'argent et alors il l'aperçut : l'ombre agenouillée près de la fosse et secouée de sanglots. Emma Bovary ou quelqu'un d'autre ? Dès qu'elle le vit, elle se dressa et tenta de s'enfuir mais c'était trop tard : déjà Remi avait bondi sur elle et l'avait plaquée contre le mur de l'église.

L'ombre était Justin.

"Laissez-moi, s'exclamait celui-ci. Je suis Justin, le préparateur de M. Homais !

— Mais c'est toi que je cherche justement, petit imbécile !" cria Remi. En même temps, collé contre lui, les mains sur sa bouche, il essayait de l'empêcher de hurler. "Que fais-tu ici dans le noir, à pleurer comme un sot ?

— Rien, je vous jure.

— Allons ! maintenant que toi et moi sommes seuls, tu vas me dire exactement ce qui s'est passé avec Mme Bovary.

— Ce qui s'est passé ? Où ?"

La lune dépassa silencieusement le clocher d'ardoise et un fin rayon d'argent éclaira le visage de Justin.

"Parle ! Tu es pâle comme un mort.

— Moi ?

— Comme un mort, je te dis. Allons, dis-moi tout !

— Je ne sais rien.

— Tu veux aller en prison ?

— A quel sujet ?

— Pour l'arsenic.

— L'arsenic ?

— Tu as donné de l'arsenic à Mme Bovary. M. Homais a fait une déposition où il t'accuse de lui avoir volontairement donné du poison.

— Il m'accuse ?... Il avait promis...

— Dis-moi la vérité. La clef du cabinet de M. Homais avait-elle vraiment été oubliée sur le placard aux poisons ?

— Non.

— Pourquoi l'as-tu prétendu ?

— Elle était au gousset de M. Homais, comme elle est toujours.

— Alors comment Mme Bovary a-t-elle eu l'arsenic ? Comment l'a-t-elle pris ? Avec les doigts ?

— Je ne sais plus, monsieur.

— On se souvient de pareilles choses. Les as-tu vues, oui ou non ?"

Il y eut un silence.

"Et si M. Homais t'accusait d'avoir volé l'arsenic pour l'administrer à Mme Bovary ?

— Il mentirait, monsieur.

— Pourtant il t'accuse. Il manque une dose dans le flacon et il dit que c'est toi qui l'as enlevée.

— Il ment.

— L'abbé Bournisien prétend que tu étais amoureux de Mme Bovary ; que tu aurais fait n'importe quelle bêtise pour la contenter.

— Il raconte ça ?

— Oui.

— Jamais je n'ai donné d'arsenic à Mme Bovary.

— Il faudra que tu le prouves.

— Je n'ai rien fait.

— Démontre.

— C'est vrai que je trouvais Mme Bovary si belle, si gentille, si bien habillée, si bien parfumée, mais elle ne faisait même pas attention à moi ! Allez, je vais tout vous dire... Elle n'est pas passée chez M. Homais le soir que je vous ai dit, elle ne m'a pas menacé, elle ne m'a jamais demandé de poison. J'ai menti, M. Homais a inventé l'histoire et m'a ordonné de vous la dire. Il ne voulait point qu'on l'accuse de négligence dans le décompte de ses livres ; il m'a forcé.

— Tu es sûr ?

— Oui.

— Tu signeras ce que tu viens de dire ?
— N'en informez pas M. Homais. Il me renverrait *de suite*.
— Si ce n'est toi, qui a procuré le poison à Mme Bovary ?
— Je ne sais pas, monsieur.
— C'est M. Homais ?
— Je n'en sais rien.
— Monsieur Homais voyait-il quelquefois Mme Bovary en particulier ?
— Quelquefois, monsieur.
— Passe sans faute au Lion-d'Or me voir demain matin à huit heures.
— Je le ferai, monsieur."

6

Dans sa précipitation, Remi n'avait oublié qu'une chose : qu'à la même heure, le lendemain, il avait fixé un autre rendez-vous à Mme Homais, l'épouse dont Justin venait d'accabler le mari !

Il se le rappela à la dernière minute et, avant que celle-ci n'arrivât au Lion-d'Or, n'eut que le temps de renvoyer le gamin en lui disant qu'il le reconvoquerait plus tard. Puis il se retrouva en face d'elle, sa robe sévère soigneusement étalée sur une chaise de paille, ses yeux noirs le perçant comme s'il eût été un serpent à détruire.

"Madame, dit Remi du ton le plus grave qu'il put trouver, les premiers résultats de mon enquête me font porter des accusations sérieuses contre une personne qui vous est chère. Je crois souhaitable de vous dire où j'en suis, peut-être alors pourrez-vous m'aider et me corriger dans quelque détail."

Elle le regardait sans ciller.

"Faites, monsieur.

— Voici : la dose d'arsenic qui a tué Mme Bovary provient du placard aux poisons de votre mari. Lui seul en avait la clef et peut donc être soupçonné de tout, qu'il ait fourni l'arsenic à la victime pour qu'elle se suicide, ou même, pourquoi pas ? qu'il le lui ait lui-même administré. La clef du placard, m'a-t-il expliqué, ne quittait jamais son gilet où elle était attachée avec sa chaîne de montre. Puis-je vous poser cette question : la nuit, quand il se dévêt dans votre chambre, où met-il ce gilet ?

— Je ne sais pas. Sans doute sur le fauteuil, à côté de notre lit.

— Donc, la nuit, la clef se trouve sur le fauteuil. Connaissiez-vous cette clef ? Pouviez-vous en faire usage ?"

Leurs deux regards se croisèrent. Quelle énergie implacable, quelle détermination habitait cette femme, d'apparence ordinaire si molle et effacée ? Un instant elle retint son souffle. "Monsieur, dit-elle, inutile de continuer ce jeu : j'avoue tout. Depuis longtemps je savais que mon mari entretenait une liaison coupable avec Mme Bovary. J'étais jalouse d'elle. C'est moi qui l'ai tuée."

VI

1

Il avait écouté. Il avait même eu pitié. Au début il n'avait pas osé prendre de notes. Puis le devoir l'avait emporté et en quelques lignes il avait résumé l'essentiel de la déclaration :

DÉPOSITION DE MME HOMAIS, ÉLISE-ANDRÉE-MARIE-ÉLISABETH, TRENTE-SIX ANS, SANS PROFESSION, ÉPOUSE DE M. HOMAIS, ERNEST-AUGUSTE-CYPRIEN, APOTHICAIRE A YONVILLE-L'ABBAYE (DÉPARTEMENT DE LA SEINE-INFÉRIEURE) :

"Depuis un certain temps je soupçonnais que mon mari entretenait une liaison coupable avec l'épouse de l'officier de santé de cette ville, Mme Emma Bovary. Je remarquais la disparition de sommes d'argent dans notre ménage ainsi que l'existence de billets signés par mon époux à mon insu. Hélas ! j'avais deviné la destination de cet argent.

Il m'était insupportable de voir ma famille ainsi ruinée. Ayant résolu d'empoisonner ma rivale, je subtilisai quatre cuillers à soupe d'un flacon d'arsenic que mon mari détenait dans son cabinet et dont j'avais l'accès parce que, la nuit, il en laisse la clef accrochée à la chaîne de montre de son gilet sur un fauteuil. Je convoquai Mme Bovary sous un prétexte. Je lui fis boire une solution de cet arsenic dans un rafraîchissement que je lui offris, alors que, se plaignant de ses difficultés financières avec M. Lheureux, elle cherchait réconfort auprès de moi.

Ayant bu la potion, elle est morte sans avoir conçu de soupçons. Ensuite, constatant que ces mêmes soupçons commençaient à se porter injustement sur mon mari, j'ai décidé de me dénoncer moi-même.

Je jure que ces faits sont conformes à la vérité. A présent que je les ai révélés, je sens ma conscience plus tranquille."

A Yonville-l'Abbaye, ce...
(Date, signature, etc.)

Les nouvelles circulaient vite à Yonville. Un quart d'heure après, Homais arrivait en trombe. Son fameux bonnet grec tout de travers, les basques noires de son habit animées d'un flottement électrique, il offrait l'image même du désespoir.

"Traiter mon épouse, une mère de famille, d'empoisonneuse ! criait-il. Comment oser colporter de telles sottises ? Par de tels racontars vous jetez une famille au désespoir et une femme à la rue !

— Racontars, monsieur Homais ? J'ai reçu au contraire des aveux parfaitement cohérents de votre épouse. Elle vient même de les signer. Voulez-vous entendre lecture de sa déposition ?

— Faites, mais c'est absurde."

Remi lut :

"Comme vous voyez, tout est malheureusement clair", fit-il, assurant sa voix et attendant l'explosion.

Mais celle-ci ne vint pas. Au contraire Homais parut accablé. Et, après un moment de silence :

"Ne comprenez-vous pas que l'esprit de ma pauvre femme s'est égaré ? gémit-il.

— Puis-je au contraire vous dire que j'ai trouvé une Mme Homais remarquablement calme ?

— Mais tout dans sa déposition est faux !

— Même la mention de votre liaison adultère avec Mme Bovary ?"

Ici Remi avait marqué un point. Homais mit quelque temps à trouver sa réponse.

"Hélas, monsieur, si ce dernier détail est vrai, sachez combien je le regrette ! L'aventure était stupide ; au reste elle s'est interrompue depuis longtemps.

— Vous étiez l'amant de Mme Bovary et votre femme le savait ?

— Oui.

— Racontez.

— La première fois que je vis Emma, c'était justement au Lion-d'Or, au mois de mars 1841 si je me souviens bien. Elle et son mari s'y étaient installés quelques jours après leur arrivée à Yonville et ils se chauffaient à la cheminée de la cuisine. Ils attendaient que leur maison fût prête et elle portait une robe safran avec une petite cravate bleue. Bien que brune elle avait des yeux presque verts, des yeux couleur de mousse, vous voyez ce que je veux dire ? Elle était si jolie, si charmante que j'en tombai aussitôt amoureux. Un coup de folie si on veut, mais jusque-là j'avais vécu si absorbé par mes travaux scientifiques que je n'avais guère eu, hélas ! le temps de penser aux femmes… Les Bovary installés, mon épouse et moi fûmes leur principale société. Ma femme leur indiquait les fournisseurs, les jours de marché, les heures des messes. M. Bovary et moi faisions notre partie de dominos le dimanche, mon épouse et Emma cousaient en bavardant ensemble. Que n'en sommes-nous restés là !

— Allez au fait.

— J'eus beaucoup de mal à persuader Emma de me céder car, disait-elle, elle ne ressentait aucune attirance pour moi. Je jouai la persévérance. Certains cadeaux que je lui fis, des sommes d'argent que je pris l'habitude de lui donner adoucirent ses préventions. Nous nous rencontrions environ une fois la semaine dans une grange derrière ma maison, ou bien dans un petit galetas situé au-dessus de ma remise, celui qu'un temps j'ai loué à M. Léon.

— La pièce où présentement loge votre fille ? Continuez.

— Très vite la situation est devenue intenable. Emma me traitait mal, elle me trompait – si l'on peut employer ce terme pour un amant trompé par d'autres amants. D'abord il y eut M. Rodolphe Boulanger, ensuite M. Léon Dupuis, peut-être d'autres… Elle menaçait d'interrompre nos relations si je ne lui donnais pas davantage. Mes moyens s'épuisaient, ma femme et ma pratique risquaient à tout moment d'être informées, je renonçai à cette liaison. Quand Mme Bovary est si malheureusement décédée, tout était rentré dans l'ordre. Je ne la voyais plus seul depuis plusieurs mois.

— Les traces trouvées auprès de votre maison prouvent qu'Emma est venue vous visiter la veille de sa mort.

— Justin vous a expliqué : c'était à mon insu, pour demander de l'arsenic pour ses rats.

— Justin est revenu sur sa déclaration. Il vous accuse même de lui avoir dicté son témoignage.

— Je n'ai pas vu Emma le jour qui a précédé sa mort. Jamais je ne lui ai donné d'arsenic.

— Vous avez entendu la version de Mme Homais : si elle est vraie, elle vous disculpe totalement en même temps qu'elle disculpe Justin en ce qui concerne l'arsenic. Elle l'aurait subtilisé elle-même pendant votre sommeil, empruntant la clef de votre cabinet.

— Absurde ! Elle aurait pu justement le confirmer, j'ai le sommeil léger, le moindre craquement me réveille. Quoi ? Il aurait fallu qu'elle sorte de notre lit, qu'elle batte le briquet pour allumer le bougeoir, qu'elle descende par notre escalier de bois qui grince, qu'elle ouvre la serrure du cabinet, qu'elle prenne l'arsenic dans le placard et aille à la cuisine pour y chercher du sucre qu'elle aurait mélangé, au gramme près, au reste du flacon ?... Enfin elle aurait tout refermé pour venir s'étendre à nouveau auprès de moi, et je n'aurais rien entendu ?

— Alors qui a prélevé l'arsenic ? Vous seul aviez la clef.

— M'accuseriez-vous, monsieur ?"

A nouveau une partie de l'écheveau se dénouait. Jusqu'ici, pour accuser Homais, il manquait un mobile. A présent le mobile était fourni : Homais avait une liaison avec Mme Bovary, Mme Bovary le délaissait ; elle le faisait chanter, il s'en était débarrassé.

"Pourquoi la police s'obstine-t-elle à ne pas admettre qu'Emma s'est suicidée pour ses ennuis d'argent ?... Sa lettre était pourtant claire.

— Cette lettre parlait-elle d'argent ? De toute façon elle a disparu, c'est encore un mystère. Cependant que de très précises indications laissent penser à une possibilité de meurtre.

— Un meurtre ! Quelles indications ?

— Je ne puis le révéler pour le moment.

— Eh bien ! Si ces indications existent et quelles qu'elles soient, et si par hasard certaines me visent personnellement, ne serait-ce pas à la suite du chantage qu'elle essayait d'exercer à mon endroit ?

— Elle exerçait un chantage sur vous ?

— Naturellement oui ! Le mépris injuste qu'elle portait à son mari, l'humiliation qu'elle avait ressentie le jour où M. Rodolphe Boulanger l'avait quittée, les mécomptes qu'elle éprouvait avec le caractère de M. Léon, cela lui avait enlevé, monsieur, toute espèce de cœur ! Dans les derniers temps, elle me menaçait. Si je ne lui prêtais pas, disait-elle, les trois mille francs qu'elle devait à M. Lheureux, elle révélerait notre liaison à tout le monde. Je suis sûr qu'elle l'aurait fait.

— Mais vous vous confondez vous-même, mon pauvre monsieur Homais ! s'écria Remi avec une sorte de pitié. Emma n'a connu le montant exact des sommes qu'elle devait à Lheureux qu'au moment où celui-ci a présenté ses billets et fait procéder à la saisie, c'est-à-dire l'avant-veille de sa mort. Si elle vous a parlé de trois mille francs, c'est que vous avez évoqué cette affaire avec elle moins de deux jours avant sa mort !"

Homais s'assit. Ses mains tremblaient, il essayait de s'en essuyer le visage.

"Dites-moi la vérité, poursuivit Remi. Emma est venue vous voir l'après-midi du 23, elle vous a demandé trois mille francs, sinon elle parlait. Vous n'avez pu lui donner cet argent, c'est bien ça ?

— En aucun cas. Emma ne s'est pas présentée chez moi. C'est moi qui ai inventé sa venue dans notre maison ce jour-là, de même que cette histoire d'arsenic pris dans mon cabinet pendant que nous soupions.

— Savez-vous que j'ai trouvé des traces sur la neige qui allaient vers l'arrière de votre maison et qui semblent être celles de Mme Bovary ?

— C'est incompréhensible.

— Et les trente grammes qui manquent à votre provision d'arsenic, étant entendu que vous jugez qu'il est impossible que ce soit votre épouse qui les ait soustraits ?

— Incompréhensible aussi ! Je ne puis l'expliquer, je le jure."

Des soubresauts presque touchants agitaient cette sorte de grand pantin de flanelle. Une fois de plus Remi s'assit et réfléchit. Aux éléments qu'il avait déjà recueillis il suffisait de juxtaposer la culpabilité d'Homais, et le fameux après-midi qui avait précédé la mort d'Emma pouvait être à nouveau reconstitué de façon cohérente : toutes les possibilités de trouver l'argent ayant été épuisées, la dernière solution est d'essayer de faire chanter Homais. Sortant de chez Rodolphe où elle a fait chou blanc, elle se rend chez Homais (traces sur la neige). Elle le menace de dévoiler publiquement leur liaison s'il ne lui donne pas ou ne signe pas immédiatement un billet pour les trois mille francs.

Mais l'oiseau est coriace. Que le scandale éclate, sa réputation et celle de sa pharmacie sont perdues. Emma semble devenue folle, comment la faire taire ? Il la frappe (contusions retrouvées sur le corps). Puis, sous un prétexte quelconque comme celui de lui administrer un calmant, il lui fait absorber l'arsenic (les trente grammes du flacon qu'il remplacera ensuite par du sucre). Emma rentre chez elle, se couche, meurt. Tout alors passerait pour le suicide qu'elle a toute raison de commettre si l'altercation avec Homais n'avait pas laissé de traces, si la provenance de l'arsenic ne demeurait pas un mystère, et surtout si Emma n'avait pas en dernière minute parlé à Larivière et à Canivet !

Homais observait Remi.

"Que le diable vous emporte, éclata-t-il enfin. Je vous répète que ni moi ni ma femme ne l'avons tuée ! Que voulez-vous de plus ? Qu'à mon tour je me dénonce faussement dans le but de disculper ma femme, laquelle vient justement de se dénoncer faussement pour me disculper ?

— Mon pauvre monsieur Homais, chaque fois que vous essayez de vous disculper ou de disculper votre épouse, vous vous enfoncez davantage !"

Le pharmacien se tordit les poings. Toute superbe avait disparu.

"Il y a sûrement une autre explication, dit-il enfin. Trouvons-la vite.

— Trouvez-la vite en effet."

Là-dessus on frappa à la porte. Hippolyte passa le nez :

"Un gendarme est arrivé de Rouen à cheval, dit-il. Il a un pli pour vous."

La salle de billard était vide. Remi y alla ouvrir son pli.

A l'intérieur se trouvait une liasse de documents accompagnée d'une lettre personnelle écrite par Delévoye de sa grosse main tremblée. Ses prédictions s'étaient réalisées, tout était joué. Après réflexion et même consultation à Paris, la préfecture avait définitivement jugé inutile de continuer l'enquête. Par prudence ou plutôt pruderie civique, l'affaire allait être classée. Lui-même, pour des raisons administratives (administratives ?), venait d'être invité (invité !) à "faire valoir" ses droits à la retraite. Remi ne devait pas s'inquiéter. Il recevrait prochainement l'ordre de rentrer.

Brave Delévoye ! Bien qu'ils fussent désormais parfaitement inutiles, il lui faisait suivre plusieurs documents arrivés à leur nom.

"Y a-t-il une réponse ? demanda le gendarme.

— Il n'y a pas de réponse", répondit Remi.

Le gendarme repartit. Vu la situation, les documents accompagnant la lettre étaient plutôt comiques. C'était le résultat des quelques enquêtes de routine que Delévoye et lui-même avaient demandées au début de l'affaire. Les résultats en étaient décourageants : l'examen du livre des poisons de toutes les pharmacies du département s'était révélé infructueux ; l'enquête sur la mort de la veuve Dubuc n'avait rien donné, pour en savoir plus il faudrait exhumer le corps et voir s'il contenait de l'arsenic, cependant, pour des questions de coût et de décence, ni la préfecture ni la municipalité n'envisageaient de le faire. Quant aux éventuels dossiers de police sur les habitants de Yonville qu'ils avaient demandés, il n'en existait point, sauf une enquête concernant l'appartenance à la franc-maçonnerie de M. Homais et une Légion d'honneur qu'on lui avait refusée l'année d'auparavant. Quelques documents sans intérêt portaient sur des visites que faisait M. Rodolphe Boulanger dans des maisons de plaisir quand il venait à Rouen – mais après tout, avait noté quelqu'un en marge (ce n'était pas le commissaire), chacun est libre de ses plaisirs du moment qu'il a l'argent nécessaire pour y pourvoir et qu'il n'empiète pas sur la tranquillité de son voisin !

L'incohérence, ne put s'empêcher de penser Remi, était décidément la règle de l'Administration : d'abord on lançait à tous vents une enquête avec instruction de trouver à tout prix des coupables ; puis, dès que les premiers suspects se manifestaient, on arrêtait tout ! Mais il avait retenu la leçon : un bon flic ne conteste pas.

Or, même en ce domaine des possibles coupables, il n'en finirait jamais ! Car au moment où il retournait voir Homais pour enregistrer sa confession, il se heurta à une mère Lefrançois qui le cherchait. Elle avait un drôle d'air, plutôt gêné. Enfin, les yeux baissés, elle annonça dans un souffle :

"Monsieur Remi, Mme Bovary est dans la grande salle et veut vous voir."

Mme Bovary, vivante, l'attendant dans la salle du bas !... Il crut rêver ou être victime d'une hallucination. Ces histoires de fantômes et de *Chasse Hellequin* entraînant des morts pas tout à fait morts avaient-elles un fond de vérité ?

"Mme Bovary ? Etes-vous folle, mère Lefrançois ?

— Ne vous méprenez pas, monsieur Remi", dit celle-ci.

De fait, quand, dans la salle du bas de l'auberge, il eut reconnu la méchante petite vieille au regard haineux qu'il avait vue chez Charles toute vêtue de noir et porteuse d'un parapluie aussi pointu que son nez, il comprit que la Mme Bovary qu'on lui annonçait n'était pas Emma. C'était *l'autre*, la mère de Charles, celle qui avait repris le ménage de l'officier de santé et qui lui avait prêté les chaussures d'Emma !

"Vous m'avez fait peur, dit-il.

— Moi aussi j'ai peur, fit la vieille Mme Bovary. Est-il vrai que vous connaissiez mon fils depuis le collège ?

— C'est exact.

— Alors venez avec moi tout de suite jusqu'à la maison. Charles est devenu fou. Il s'accuse du meurtre de ma bru. Il menace de se mettre à la fenêtre, de le clamer à tout le bourg... Vous seul pouvez le calmer. Ah monsieur, même morte, cette femme fera notre malheur !"

"Et de trois !" se dit Remi.

Trois suspects... La situation tournait au vaudeville ! En vérité, pensa-t-il à nouveau, il était temps que le bienheureux message annonçant son retour arrivât ; et qu'enfin il fût délivré de cette misérable affaire.

2

DÉPOSITION DE M. BOVARY, CHARLES, OFFICIER DE SANTÉ A YONVILLE-L'ABBAYE (DÉPARTEMENT DE LA SEINE-INFÉRIEURE) :

"J'aimais profondément ma femme, née Emma Rouault. Quand je fis sa connaissance dans la ferme de son père, je fus ensorcelé par elle et en devins aussitôt amoureux. A l'époque j'avais une autre épouse beaucoup plus âgée que moi et fort laide. Elle mourut peu après. Je pus enfin demander la main d'Emma !

Les premiers temps Emma et moi fûmes heureux, du moins il me semble. Nous habitions un petit village nommé Tostes où j'avais une bonne clientèle ; Emma s'ennuyant, nous décidâmes de nous installer dans un bourg plus grand, ici à Yonville-l'Abbaye.

La vie à Yonville ne fut pas à la hauteur de nos espérances. La clientèle était rare, ma femme semblait me porter moins d'attention, je fus bien malheureux. Ensuite, bien que je prisse soin de n'en rien dire à personne, j'eus vent de mon infortune conjugale : ma femme m'aurait trompé avec M. Rodolphe, puis avec M. Léon ! De plus elle avait signé pour de grosses sommes à M. Lheureux et s'en servait pour mener une vie impudique à Rouen. Ne supportant pas de me voir ainsi trompé et ruiné, je décidai de l'empoisonner et lui fis boire à son insu une dose d'arsenic dans un bouillon. En quelques heures elle mourut, ce qui ne manqua pas de me surprendre car d'ordinaire les empoisonnements par l'arsenic mettent plus de temps à se faire. Sans doute doit-on y voir l'effet de la constitution d'Emma, laquelle était délicate.

QUESTION. – Charles, d'où provenait l'arsenic que tu lui as fait boire ?

RÉPONSE. – D'une petite provision que j'avais acquise avant mon arrivée à Yonville pour certains de mes malades.

Q. – Tu as déclaré n'avoir pas d'arsenic chez toi.
R. – J'ai menti.
Q. – Où détenais-tu cette provision ?
R. – Dans une trousse marquée à mon nom qu'Emma m'avait donnée au début de notre mariage.
Q. – Où est cette trousse ? Emma savait-elle qu'elle contenait de l'arsenic ?
R. – Non.
Q. – Il n'y avait aucune trace de bouillon dans l'estomac d'Emma. Ta servante Félicité dit d'autre part qu'elle n'en avait pas fait les jours d'avant.
R. – Ah oui ? Emma en a bu pourtant. Quant à la trousse, si elle a disparu, c'est que j'ai dû la jeter à la rivière par le fond du jardin."

(Provisoirement classé sans suite.)

3

10 avril.

Et Rodolphe Boulanger ?

Car, de la plupart de ses hypothèses, Remi avait en pratique exclu Rodolphe Boulanger. De toutes les marionnettes de Yonville, c'était pourtant celle qui jouissait de la plus mauvaise réputation et de la plus belle moustache. Malgré sa cordialité des premiers jours confirmée par le prêt du cheval, il était clair qu'il avait menti, disant qu'Emma n'était plus venue à la Huchette depuis près de deux ans. Il avait également menti en prétendant qu'il n'y avait jamais eu d'arsenic chez lui alors qu'il en avait utilisé et en utilisait peut-être encore pour soigner une maladie vénérienne. Et toujours existaient ces fichues traces sur la neige entre son château et le village ! Remi ne l'avait pas encore interrogé à ce sujet. Bien que l'enquête fût théoriquement close, pourquoi ne pas le faire au premier prétexte venu, par exemple celui de lui retourner son cheval ?

"Votre cheval est excellent, dit-il pour commencer l'entretien (on était le lendemain et il ramenait l'animal). Certes il est un peu rustique, mais il m'a rendu les plus grands services. Je tenais à vous en remercier."

Rodolphe rit. Continuait-il de se moquer de lui, ou appréciait-il qu'il ait su distinguer un bourrin d'un cheval ?

"Je suis ravi qu'il vous ait plu. En voulez-vous un autre ? Maintenant que vous avez essayé celui-ci, j'ai mieux à l'écurie."

Remi était entré par la petite grille du parc. Puis, les chiens au chenil ayant aboyé sans que nul se dérangeât, il ne s'était pas annoncé et avait poussé la porte d'entrée du château de la Huchette. Debout dans le vestibule devant le grand escalier droit, un manteau en houppelande façon cuirassier jeté sur ses épaules, Rodolphe se préparait manifestement à sortir.

"Pourquoi déjà rendre ce cheval ? Vous arriverait-il la même mésaventure que celle qui est arrivée à M. Delévoye ? Vous renvoie-t-on sans explication à Rouen ?"

En savait-il plus que Remi n'en savait lui-même ? Celui-ci essaya de prendre un air indifférent :

"Il se peut en effet que l'affaire soit classée. Je devrai alors tout boucler et partir en quelques heures."

L'œil de Rodolphe s'emplit d'ironie.

"Ah oui vraiment ? Et l'on a décidé que ce serait quoi ?

— Un suicide naturellement.

— Qui l'a décidé ?

— Ni M. Delévoye ni moi en tout cas.

— Pourquoi n'avez-vous pas envoyé le gamin de l'auberge dire que vous rendiez le cheval ? Girart aurait été le reprendre.

— Je souhaitais vous revoir avant de quitter Yonville.

— Vraiment encore ? dit-il dans un nouvel accès d'ironie. Ne vous ai-je pas déjà dit tout ce que je savais ? Et puisque maintenant chacun reconnaît que c'était un suicide…

— Justement, fit Remi en prenant son souffle. Pour ma gouverne personnelle et en finir avec plusieurs questions que je me pose peut-être à tort, je voudrais savoir ce que vous pensez de certaines traces que j'ai trouvées entre votre propriété et la maison de M. Homais.

— Ah oui, quelles traces ?

— Des traces de bottines de femme correspondant à celles de Mme Bovary. Je les ai remarquées sur la neige en montant le cheval que vous m'avez prêté.

— Emma ? Je vous ai dit qu'elle n'est pas venue à la Huchette depuis deux ans !

— Ces traces existent pourtant. Elles datent même probablement de la veille du jour où elle est morte.

— Je n'ai rien vu de tel, mais il est vrai que par ces grands froids je ne sors guère. Je tisonne mon feu, pour le reste j'envoie Girart… Eh bien, nous irons les voir ensemble tout à l'heure, vos fameuses traces, vous pourrez me les montrer. En attendant, me ferez-vous l'honneur de boire avec moi un peu de mon cognac ? L'autre jour, j'ai noté que vous en considériez le flacon avec un certain intérêt."

Ils montèrent vers la salle du haut et burent. Mais ce ne fut ni la bouteille ni les verres qu'il avait vus la fois d'avant qui attirèrent en premier l'attention de Remi. C'était la console sur laquelle ils étaient placés. La dernière fois s'y trouvait aussi l'éventail marqué "E. B.". Aujourd'hui il n'y était plus.

Rodolphe avait suivi son manège et s'en amusa :

"Si c'est l'éventail marqué «E. B.» que vous cherchez, je l'ai enlevé. J'ai pensé que c'était, comment dire ?... plus décent.

— J'ai parlé à Bovary de cet éventail. Il le connaît, Emma lui avait dit qu'elle l'avait perdu. Il prétend qu'il le lui a offert il y a moins de six mois, donc *après* le moment où celle-ci aurait pu l'oublier chez vous. On devrait même pouvoir retrouver la trace de l'achat.

— Dit-il vrai ?... Alors il doit s'agir d'un autre éventail. A ce propos, comment vous portez-vous ? Un jeune homme avec autant d'avenir que vous doit être navré de l'abandon d'une si jolie enquête qui sans doute lui aurait valu de l'avancement. Encore qu'il faille se méfier de toute marque de gratitude de vos supérieurs : elle ne marque en général que le souci de souligner leur propre mérite.

— Ah ? Auriez-vous l'expérience de l'Administration ?

— Non, comment l'aurais-je ? Je n'ai jamais rien su faire dans ma vie que de gaspiller mes rentes, croyez que je le regrette, car elles s'amenuisent d'année en année. Enfin, tant que je pourrai m'offrir des chevaux, mes cigares et ce type de cognac..."

Etait-ce justement ce trop bon cognac dont Remi n'avait pas l'habitude et que Rodolphe lui réservait avec une insistance marquée ? Il ressentait une curieuse connivence avec ce diable d'homme. Il avait envie de s'ouvrir à lui, de lui décrire la situation ou plutôt l'impasse où il était. D'abord il convint que Delévoye lui avait confirmé être déchargé de l'enquête et que lui-même attendait des instructions le concernant. Longtemps, ajouta-t-il, son patron et lui, de même que le médecin légiste, avaient, malgré certains indices donnés en haut lieu, penché pour le suicide, mais les derniers éléments découverts avaient redonné vie à la thèse de l'assassinat. "En outre et en quelque sorte, poursuivit-il d'une voix de plus en plus embrouillée, si la thèse de l'assassinat est maintenant plus que probable, le problème est que je me trouve désormais à la tête d'au moins trois suspects dont deux déjà, pas un de moins, ont entièrement avoué !

— Abondance de biens nuit rarement, fit remarquer Rodolphe. Trois suspects ? En somme, il ne vous en manquait plus qu'un quatrième ! Allons, dites-moi la vérité : est-ce pour le trouver que vous êtes venu jusqu'ici ?"

Remi ne put s'empêcher de rire :

"Laissez. Pour le moment malheureusement, je ne suis pas plus sûr de mon meurtre que de mon nombre de meurtriers. Quelle importance, puisque l'enquête va conclure au suicide ?

— C'est vrai. Eh bien, maintenant qu'elle ne sert plus à rien, donnez-moi un peu les noms qu'il y avait sur votre intéressante liste d'assassins."

Remi donna les trois noms. Ceux de Mme Homais et de Charles firent bien rire Rodolphe ; à celui d'Homais, il fronça les sourcils avec une sorte de mépris.

"Homais vraiment ?

— Oui, deux faits sont acquis : l'arsenic vient de chez lui ; il avait une liaison avec Mme Bovary qui le faisait chanter.

— Une liaison avec Homais, voyez-vous ça !

— Il donnait de l'argent. En échange elle lui accordait ses faveurs."

Rodolphe réfléchit :

"De l'argent ?... Ça m'étonnerait. Emma était romanesque, exaltée, folle même si l'on veut ; certainement pas vénale et surtout pas avec un M. Homais !

— Elle avait changé depuis que vous l'avez connue. Elle avait besoin d'argent et l'argent change tout.

— Même ainsi."

Cependant l'idée faisait son chemin.

"Encore que …

— Encore que quoi ?

— Rien. Continuez à m'interroger, puisque aussi bien vous êtes venu pour ça.

— Une chose m'intrigue. Quand elle apprend la saisie organisée par Lheureux, Mme Bovary fait la tournée de toutes ses relations susceptibles de lui prêter les trois mille francs qu'on lui réclame. Pourquoi ne se rend-elle pas chez vous à la Huchette pour effectuer la même démarche ?

— Je vous l'ai dit : Emma et moi ne nous aimions plus. Elle n'est pas retournée à la Huchette depuis près de deux ans.

— Et si l'on avait des preuves que Mme Bovary était venue chez vous récemment ?

— Ah oui, les fameuses traces !... Eh bien, allons les voir ensemble."

Ils sortirent. A la Huchette aussi le dégel avait commencé. Dans l'allée du château, sous l'éclat blanc du ciel, les arbres égouttaient leurs branches décharnées. Fondant, la neige creusait des sillons, découvrant comme à regret des lambeaux de pelouse fanée.

Ils passèrent la grille puis allèrent au chemin creux où avaient été les traces. Rien, tout avait disparu. Autour de la propriété la neige avait été soigneusement balayée ; sur le reste du chemin, le piétinement des chevaux et les roues des voitures avaient tout effacé.

"Quel malheur ! dit Rodolphe (et alors un sourire étincelant découvrant de belles dents reparut sous la moustache). Ces traces formaient-elles toutes vos preuves ? S'il en est ainsi, le redoux de cette nuit les aura balayées !

— Allons plus loin sur le chemin. Peut-être certaines auront échappé au carnage.

— Quel carnage, monsieur Remi ? (A propos, quel est votre nom de famille ?) Eh bien oui, le printemps et le dégel ont frappé ! En outre, passant plusieurs fois avec la voiture, mon domestique les aura brouillées. Même vous, monsieur Remi, qui n'avez pas arrangé les choses en venant fouler la neige avec votre cheval !

— Elles y étaient pourtant.

— Même si elles y étaient, à qui appartenaient-elles ? A quelque vagabonde dont il ne sera même pas prouvé qu'elle s'est approchée du château. Allez plus loin en relever d'autres si vous voulez, moi je rentre. Tout en restant naturellement votre serviteur, cher monsieur Remi !"

Remi renonça.

"Eh bien, revenons au château, mon de plus en plus cher monsieur Remi, continua Rodolphe, lui prenant amicalement le bras. Voulez-vous ma voiture pour retourner à Yonville ? J'avais fait atteler, j'envoyais à Rouen, Girart vous déposera. Demandez-lui de prendre par le chemin creux : ainsi vous pourrez vous assurer *de visu* que, si elles ont jamais existé, les traces de Mme Bovary ont très malheureusement été définitivement effacées !"

S'accompagnant de grands croassements, les corneilles avaient repris leur tournoiement autour des arbres. Alors que, de ses gestes courtois mais impératifs, Rodolphe l'emmenait vers le perron et que, s'apprêtant à monter dans la voiture conduite par Girart, Remi se tournait une dernière fois vers la façade austère du château, il eut une vision : debout, à demi cachée par le rideau d'une des fenêtres du premier étage, une jeune femme observait. Le visage était invisible, la silhouette fine et gracile, mais il était clair qu'elle était nue. Dès qu'elle vit qu'elle avait été aperçue, elle disparut.

Attentif, Rodolphe vit que Remi avait vu.

"Eh bien, fit-il moqueusement. Vous aussi, vous allez pouvoir dire qu'il s'en passe de belles à la Huchette !"

Puis, se penchant vers lui d'un air de fausse confidence :

"C'est une fille. Je m'en fais envoyer quelques-unes de Rouen de temps en temps... Voudriez-vous en profiter ? Après tout, ne vous ai-je pas déjà prêté un de mes chevaux ?

— Pas un de ceux que vous montez ordinairement, du moins à ce qu'il me semble."

Sacré Rodolphe ! Remi connaissait déjà son goût pour les fredaines, évoquées qu'elles étaient dans les rapports de police qu'il avait reçus. Son hôte n'eut aucun scrupule à lui confirmer qu'avec quelques roués de son monde, il fréquentait à Rouen les bordels chic. Il avait aussi un arrangement avec une mère maquerelle qui lui envoyait des filles à la Huchette, l'horrible Girart allant chercher le gibier lorsque monsieur ne voulait pas se déplacer !

"Les traces des roues dans le chemin creux, c'est quand Girart vous les amène ?

— Par exemple.

— Comme la voiture pleine de filles qui, l'autre soir, a failli nous renverser, Delévoye et moi ?"

Rodolphe eut un geste indifférent :

"De filles, ou d'amis venus à une réception chez moi et rentrant le même soir sur Rouen. Oui, pourquoi pas ?

— Ainsi la fameuse *Chasse Hellequin*, la chevauchée dans la nuit, les damnés de l'année attachés à l'attelage qui font frémir les gens d'ici, c'est vous ?"

Nouveau geste indifférent.

"Peut-être parfois en effet, du moins ces derniers temps. Sachez pourtant que la légende de la *Chasse Hellequin* est ancienne, beaucoup plus ancienne que Girart et que moi, elle remonte à la nuit des temps. D'autres que nous dans le passé ont dû se livrer à ce jeu de pousser une voiture à plein galop la nuit toutes lanternes éteintes sur les routes de ce pays au risque d'écraser les gens et de leur faire croire à une vilaine histoire.

— Si c'est vous qui actuellement tenez le rôle, compliments. Imaginez (mais ici Remi s'arrêta un instant, ne se souvenant plus si la rencontre qu'une nuit il avait faite de la *Chasse Hellequin* sur la neige avec le valet d'auberge Hippolyte était le fruit d'un rêve ou la réalité) que certains habitants de Yonville ont cru reconnaître Emma dans votre voiture.

— Il y a des imbéciles partout. Bien entendu Emma ne pouvait y être. Elle est morte et bien morte, et si la croyance est exacte et qu'une *vraie* voiture de la *Chasse Hellequin* promène effectivement sur les routes les morts de l'année, sachez que ce n'est pas la mienne. La mienne ne va et vient qu'entre la Huchette et Rouen et ne transporte que des filles ou mes invités. Girart a instruction de mener mes chevaux grand train, tant mieux si les superstitions de nos stupides villageois le laissent passer sans l'arrêter !"

Remi restait songeur.

"En somme, dit-il avec résignation, cette affaire de la voiture Hellequin est la seule chose que j'aurai su éclaircir à Yonville ; et encore c'est grâce à vous et vous n'êtes sûr de rien.

— Merci en tout cas d'avoir ramené mon cheval. Mais rappelez-vous : puisque vous cherchez un coupable, ce qui après tout est votre métier, cherchez ailleurs. Moi au moins je n'avais nul besoin de tuer Mme Bovary."

Puis, se tournant vers son cocher :

"Va !" cria-t-il.

Girart fit claquer son fouet et la voiture et ses deux chevaux s'ébranlèrent. Quittant la Huchette, Remi songeait qu'entre son mari imbécile, un Homais libidineux, ce Lheureux escroc qui lui faisait signer des papiers et ce dandy cynique, Emma ne voyait pas trop de beau monde à Yonville !

Y avait-il le choix ?

Le chemin descendait vers la vallée et la rivière. Les champs avaient perdu leur blancheur uniforme, mille ruisseaux se formaient, les corneilles éternelles s'envolaient devant eux. La voiture conduite par Girart cahotait et, du haut de ses vingt-cinq ans, Remi ne pouvait s'empêcher de songer à Emma. Elle avait dû être une enfant rieuse, recevoir une éducation modèle chez les bonnes sœurs de Rouen, pratiquer le piano et ces romans ingénus que les prêtres laissent aux mains des jeunes filles. Elle avait, pauvre rêve ! voulu aimer et être aimée, ne trouvant pour s'y jeter que les bras malhabiles du pauvre Charles puis de quelques autres bien médiocres. Et maintenant un jeune homme chargé d'une mission de police se trouvait dans cette voiture, évaluant tranquillement à son sujet les possibilités de meurtre et de chantage !

De meurtre.

Quelle force secrète, quelles frustrations, se demandait-il naïvement, pouvaient, écartant toute peur et surtout tout préjugé social, faire basculer d'un coup l'éducation et les principes d'une jeune femme comme Emma ? L'expérience d'une nuit, l'envie d'une robe ou d'un bijou, le désappointement devant la muflerie des hommes ? Ou quelque chose de plus profond, de vital, de venu de la nuit des temps, l'héritage d'Eve peut-être. Du domaine de l'instinct, des sens, de la Nature. Avec la tentation folle, un jour, malgré les freins et l'hypocrisie de la société, de baisser le masque et jouer son va-tout, la seule chose claire dans la confusion de la vie étant que le temps va son train et que les occasions ne se retrouvent pas. O sexe incompréhensible (ou trop compréhensible !). Apprendrait-il à le connaître et s'en accommoder ?

Il ne l'apprit jamais.

Au sujet du beau Rodolphe, il se surprenait lui-même. Car celui-ci, avec son bon sens bourru, sa brutalité, ses colères, son cynisme, sa robe de chambre de velours et la vieille boîte à cigares où comme des trophées il enfermait les lettres, les mèches de cheveux et probablement d'autres poils du corps de ses maîtresses, il lui déplaisait plutôt un peu moins que les autres. Il ressentait presque de la sympathie pour lui. En outre il avait un avantage : lui, au moins, de tous, était le seul à ne pas s'accuser de l'avoir tuée !

4

> *Dans le roman de Flaubert, Mme Homais n'existe pas. Elle n'est que l'insipide reflet de son mari.*
>
> UN CRITIQUE

> *Quant à la femme du pharmacien, c'était la meilleure épouse de Normandie, douce*

> *comme un mouton, chérissant ses enfants, son père, sa mère, ses cousins, pleurant aux maux d'autrui, laissant tout aller dans son ménage, et détestant les corsets ; mais si lente à se mouvoir, si ennuyeuse à écouter, d'un aspect si commun et d'une conversation si restreinte, qu'on ne songeait jamais, quoiqu'elle eût trente ans, qu'elle pût être une femme pour quelqu'un, ni qu'elle possédât de son sexe autre chose que sa robe.*
>
> GUSTAVE FLAUBERT,
> description de Mme Homais
> dans *Madame Bovary*.

Ainsi que Remi l'avait prévu, dès le lendemain (c'était le dix-septième jour) Elisabeth Homais revint sur ses déclarations :

"Je sors d'un cauchemar, dit-elle. Comment ai-je pu m'accuser à tort ? Qui m'a fait tomber dans ce piège ? Est-ce vous, monsieur ?"

Que répondre ?

"Sachez, madame, que je n'ai pas cru un seul instant à votre culpabilité. Votre témoignage a cependant eu un effet, pénible certes pour vous mais utile pour l'enquête : il a permis d'apprendre que M. Homais a eu une liaison avec Mme Bovary. On peut donc le suspecter à son tour et ici les charges demeurent sérieuses. Puis-je me permettre une question : pourquoi vous être accusée à sa place ?

— Avez-vous entendu parler d'une chose appelée amour conjugal ?" dit-elle, et en même temps ses yeux implacables démentaient le mot qu'elle venait de prononcer.

"S'il est innocent comme vous le dites, M. Homais reste-t-il coupable de l'adultère dont vous l'accusiez hier et que du reste il a reconnu lui-même ?

— Oui, monsieur. Et dans toute cette confusion que j'ai créée, c'est hélas la chose la plus véritable et la plus pénible à admettre, croyez-le ! Bien entendu Emma s'est suicidée, du moins je le crois sincèrement. Mais s'il faut absolument que vous trouviez des coupables pour cette mort, alors accusez M. Rodolphe, accusez M. Léon, accusez M. Lheureux… Oh ! bien sûr, ni M. Léon, ni M. Rodolphe, ni M. Lheureux n'ont fait boire d'arsenic à Emma, mais ce qu'ils ont fait est pire : ils ont tenté une nature faible et incertaine, ils l'ont acculée à mourir après l'avoir compromise. Naturellement mon pauvre Homais a fait comme les autres ; comme eux il l'a poursuivie de ses assiduités, mais de tous c'est sûrement le moins assassin, et vous savez pourquoi ? Parce qu'elle ne l'aimait pas, monsieur !… Elle le méprisait, elle n'a été sa maîtresse que parce qu'il lui donnait de notre argent… Mais lui du moins ne l'a pas fait souffrir !"

Si effacée d'habitude, cette femme révélait une personnalité étonnante. Remi en fut médusé :

"Madame, lui dit-il sans presque savoir ce qu'il allait dire, vous êtes l'un des caractères les plus secrètement trempés que j'aie jamais rencontrés. Quelle leçon ! Quelle maîtrise de soi ! Quelle force d'âme ! Et si bien cachées !

— Ignorez-vous, monsieur, que dans un siècle comme le nôtre entièrement voué aux hommes, la dissimulation est pour les femmes la dernière possibilité de survie ? Quel âge avez-vous, monsieur ?

— Vingt-cinq ans."

Les mêmes yeux implacables, tout d'un coup semblant prendre leur mesure :

"C'est bien. Maintenant puis-je vous demander autre chose ?

— Naturellement.

— C'est d'avoir la bonté de vous rappeler que ma fille n'en a que seize. Puis-je maintenant disposer et rentrer chez moi ?

— Dès que vous aurez signé votre nouvelle déposition.

— Et mon mari ?

— Le cas de M. Homais est différent.

— Je vous ai dit que c'est un suicide et qu'il n'y est pour rien.

— Même si c'est un suicide, il reste à éclaircir certains points. Qui par exemple a prélevé de sa provision les trente grammes de poudre d'arsenic ? Qui les a remplacés par du sucre ?"

A nouveau ses yeux, vidés de tout éclat :

"Ne devinez-vous pas que c'est moi, monsieur, qui les ai prélevés ? Mon mari me trompait, je le voyais chaque jour m'abandonner un peu plus pour Emma. Ma vie devenait vide, je n'avais d'autre ressource que de me supprimer et j'allais le faire si providentiellement Emma n'avait choisi de s'empoisonner elle-même la première !... Une nuit j'ai administré à son insu un médicament soporifique à mon mari. J'ai pris la clef qui était sur son gilet, j'ai prélevé dans son cabinet la dose d'arsenic et l'ai remplacée par du sucre en poudre.

— Où est cette dose aujourd'hui ?

— Ici même, sur moi. Malheureusement pour moi restée intacte comme vous allez voir."

Alors, fouillant dans son réticule, elle en sortit un sachet de papier (un de ces sachets de papier gris dont Remi avait vu le petit Justin envelopper les fameuses *Pastilles souveraines* dans la salle du laboratoire !). Elle l'entrouvrit pour lui en montrer le contenu.

C'était bien l'arsenic.

"Mon mari est-il innocenté ?

— Pas encore, je dois vérifier. Croyez que je le ferai avec bienveillance, madame."

Les yeux de plus en plus secs :

"Vous savez tout maintenant. Emma est morte, je me suis trouvée vengée sans même l'avoir cherché.

Y aurait-il vraiment, cachée dans le ciel comme le disent les prêtres, une sorte de Providence qui veille sur les innocents ?"

Un temps. Un soupir. Une ébauche de sourire.

"C'est l'abbé Bournisien qui sera content ! A la suite des événements, je veux dire de l'infidélité de mon mari, je n'avais plus la foi. J'avais cessé de croire, je vais pouvoir recommencer. Et même, s'il est possible, je ferai dire une messe pour Emma… Pauvre Emma ! Elle en a sûrement encore plus besoin que moi en ce moment."

5

Ce jour précis où Mme Homais revint sur ses aveux, Remi s'accorda un après-midi de solitude. Il traîna dans sa chambre, réfléchit, écouta les bruits familiers de l'auberge. Il lui parut qu'il commençait à prendre ses habitudes à Yonville. Et que, doucement, le coin du voile qui jusqu'ici obscurcissait ses yeux commençait de se soulever.

Le soir même, il coucha avec la petite Homais.

6

Du nouveau était survenu en un domaine où il n'attendait rien.

Car si au début il avait prêté peu d'attention à la petite Homais, celle-ci, comme on va voir, ne l'avait point oublié ! Ce qui au commencement n'avait été qu'un jeu, j'allais dire un jeu d'enfant vu son âge (son âge à elle), prenait de l'ampleur et commençait à devenir embarrassant. Sans qu'il en fût lui-même tout à fait conscient, une sorte d'idylle s'était développée entre elle et lui.

Elle était amoureuse, pourquoi ne l'aurait-il pas été aussi ? Il vivait seul et, depuis la mort de son père, les soins pour sa mère l'avaient presque complètement accaparé. A Rouen il n'avait point d'argent et peu de possibilités de sorties. Il n'avait connu aucune petite ouvrière à qui payer la contredanse dans une guinguette près de la Seine pour lui faire sauter le pas et en faire sa maîtresse, comme c'était la pratique des autres étudiants. Ce n'étaient pourtant point l'intention ni les rêves qui lui avaient manqué !

Or il ne s'aventurait plus dans la rue principale de Yonville sans tomber sur elle, enveloppée dans sa mante et embusquée dans quelque porte cochère, elle de plus en plus pressante et lui de plus en plus attiré sans presque s'en rendre compte par ce petit fruit vert et agile qui n'hésitait plus à se cacher. Il n'hésitait plus non plus à lui parler ; et même, un soir où elle l'avait entraîné dans quelque cour obscure où personne ne pouvait les observer, il lui saisit les mains et, honte ! posa sur ses lèvres un petit baiser qui lui laissa une saveur à la fois acidulée et trouble que, bien des années plus tard, il continua de retrouver sur sa langue.

La nuit, dormant seul dans sa chambre au Lion-d'Or, il lui arriva de rêver qu'il l'épousait (plus précisément qu'il se *mettait avec elle*). Il l'emmenait dans ce Paris où il voulait aller. Il y louait une chambre d'étudiant sous les toits et, par le fruit d'un travail honnête et acharné – un travail littéraire naturellement –, procurait à sa jeune (et presque) épousée l'existence digne et sage que sa vertu méritait.

Il était fou mais pas tout à fait naïf. Que la petite fille veuille lui mettre le grappin dessus, c'était compréhensible. Quel autre moyen d'échapper à Yonville ? Dans ses moments de sagesse, il se disait qu'il ne se laisserait pas faire.

Or, petit à petit, sans s'en apercevoir et tout au contraire, il perdait la mesure. Ce soir-là la petite l'avait encore attendu, cachée dans le renfoncement de la porte cochère en face du Lion-d'Or, sa mante jetée sur ses épaules.

"Ne me tiens pas les mains si fort, dit-il, tu me fais mal.

— Jurez-moi encore que vous m'emmènerez avec vous.

— Encore ? Mais je ne t'ai jamais rien juré du tout.

— Si, si, vous l'avez fait !

— Impossible, je veux quitter Rouen et la police. Et aller à Paris.

— Si vous allez à Paris, emmenez-moi avec vous ! Là-bas je ferai ce que vous voudrez.

— Que feras-tu à Paris ?" lui dit-il, et il l'embrassa.

Elle lui rendit son baiser puis lui saisit à nouveau les mains avec une sorte de désespoir. Des larmes jaillissaient de ses yeux, elle criait presque :

"Emmenez-moi, ne me laissez pas ici ! Mon père est bête, ma mère dure, personne ne comprend rien à rien. Il n'y a qu'une rue ici, les gens sont horribles, comment le supporter ? Je veux vivre, vous rendre heureux, vous embrasser les mains.

— Petite folle, répéta-t-il. Réalises-tu ce que tu dis ?

— Parfaitement. Si vous partez sans moi, je mourrai comme Emma.

— Comment comme Emma ?

— Elle aussi détestait les gens d'ici, comme moi elle voulait s'échapper. Embrassez-moi comme ces hommes l'embrassaient ! Caressez-moi, faites de moi ce que vous voudrez !

— Mais que ferais-je de toi, espèce de petite punaise ?"

Cependant la petite punaise était jolie et embrassait avec bien du talent. Lui avait vingt-cinq ans, avait-elle seulement les seize qu'avait dits sa mère ? Longtemps après, les années ayant passé et les souvenirs de jeunesse ne lui revenant plus qu'au travers des bésicles de l'âge, il lui sembla qu'elle avait alors le charme précoce et pervers de ces petits rats de quatorze ans que, maintenant qu'il était vieux et riche, il rencontrait au foyer de l'Opéra quand, en compagnie d'autres abonnés aussi vieux et aussi riches que lui, il venait surveiller chaque soir ce que, de façon à la fois vicieuse et paternelle, ils appelaient entre eux "les progrès de leurs élèves". Mais dans ses tableaux, son ami Degas (car ensuite il était devenu l'ami de Degas, le peintre misanthrope et solitaire, celui qui si bien a représenté le monde des petites danseuses impécunieuses de l'Opéra et de leurs admirateurs) a décrit ça mieux que lui…

"Retrouvez-moi tout à l'heure dans l'appentis derrière la maison, dit-elle. J'y ai ma chambre, passez par-derrière. La clef sera sur la porte et là je vous dirai comme je vous aime.

— Et tes parents ?

— Oh, mes parents !… On dit qu'ils vont aller en prison.

— File chez toi, boucle-toi à double tour, ne m'ouvre sous aucun prétexte. Et que je ne te revoie pas une seule fois avant mon départ !"

Naturellement, un quart d'heure plus tard, il se retrouva dans la cour de la maison Homais, montant avec précaution les marches de l'appentis.

7

Elle se tenait debout devant la minuscule cheminée sur laquelle était posée une chandelle dans un bougeoir ; son image se reflétait dans une glace, elle l'examinait avec attention.

"Suis-je assez jolie ? demanda-t-elle.

— Bien sûr, idiote, veux-tu te taire !... D'où tiens-tu la croix d'or que tu as au cou ?

— C'est une croix de promise. J'ai raconté à ma mère que je l'ai trouvée par terre. Ma mère ne me croit pas, elle n'a aucune confiance en moi.

— Ta mère a raison. C'est Justin qui te l'a donnée ?

— Non, pauvre Justin ! Je vous dis que je l'ai trouvée par terre.

— Viens."

A peine s'il se souvint comme il la prit dans ses bras, comme il la jeta sur le lit, comme il la mit nue, comme il se coucha sur elle. Pour lui c'était la première fois. Il y eut l'élan qui le jeta vers elle, le fit la pénétrer ; les bizarres petits cris de souris qu'elle fit entendre, le corps agile qui, ensuite, prit possession du sien. Quand il eut fini, elle posa sur ses lèvres un petit baiser.

"Vous êtes un très gentil monsieur, dit-elle. Aidez-moi à remettre mes affaires. Nous recommencerons.

— Où sont tes chaussures et tes bas ?

— Sous le lit."

Une paire de bottines toutes crottées se trouvait sous le lit. Il la prit pour les lui passer.

"Non, non, pas celles-là, dit-elle. Ce ne sont pas celles que je porte. Celles-là sont sales, j'ai oublié de les nettoyer.

— Ces bottines sont à toi ? Des bottines de bourgeoise ?

— Remettez-les sous le lit, elles appartenaient à Emma. Emma me les avait prêtées.

— Mais les bottines d'Emma ont été retrouvées sur son corps.

— Oui, mais celles-ci en sont d'autres. Emma en avait deux paires. Vous ne le saviez pas, mais le savetier de Rouen lui en avait fait *deux* paires."

Il revit alors les traces dans la neige et ce fut comme un éclair. Si les empreintes trouvées dans la neige n'étaient pas celles d'Emma, mais celles de cette seconde paire de bottines qu'elle avait prêtée à la jeune fille ?

"Portes-tu souvent ces bottines ? Les portais-tu ces derniers temps ?

— Quelquefois oui.

— On ne va pas sur la neige avec des bottines comme ça. On prend des sabots ou des socques.

— Sauf pour être jolie.

— As-tu été récemment à la Huchette avec ces bottines ?"

Elle hésita. Ses yeux suppliaient.

"Oui."

Soudain il revit la silhouette nue qu'il avait entrevue derrière les rideaux de la fenêtre de la Huchette.

"Pourquoi y vas-tu ?"

Des larmes jaillirent des yeux de la jeune fille. Ce n'étaient pas des larmes de remords, c'étaient des larmes de rage, des larmes de fureur, des larmes du regret de s'être laissé sottement prendre.

"M. Rodolphe me fait venir."

Etait-ce une sorte d'amour qu'il avait vraiment ressenti pour cette petite fille ? Avec surprise il s'entendit crier de désespoir et de rage. Des larmes lui vinrent au visage – elles ne débouchaient sur rien.

"Sais-tu qui est M. Rodolphe ? Un viveur, un égoïste, un vicieux ! S'il t'a salie, tu es salie pour toujours.

— Il est gentil, il me donne de l'argent. Ce qui est sale, c'est de rester ici avec mes parents et sans argent.

— Folle !

— Parfois il fait venir d'autres filles de Rouen avec moi. Parfois il a avec lui ses amis, des messieurs de Rouen. L'un d'eux m'a promis de m'y installer bientôt. Il connaissait très bien Emma, il la voyait, lui donnait de l'argent. Il devait bientôt m'emmener. Mais c'est avec vous que je veux aller à Paris !

— Emma savait que tu vas à la Huchette ?

— Naturellement, c'est même pour cela qu'elle m'a prêté les bottines.

— Y allait-elle elle-même ?

— Pas ces derniers temps, mais elle y allait.

— N'y avait-il pas un autre moyen pour toi de quitter Yonville que d'aller chez Rodolphe ? Attendre par exemple que quelqu'un passe et t'aime ?

— J'ai attendu, il ne venait personne."

Lui-même était passé, mais son passage ne risquait-il pas de faire encore plus de dégâts que le reste ? Quelle autre intention vis-à-vis de la petite Homais (s'il en avait jamais formulé la moindre) avait-il eue, sauf de coucher un peu avec elle et après, peut-être, si elle continuait d'insister, de l'emmener à Paris pour s'en amuser encore un temps ? Sans se soucier, que Dieu le maudisse ! de ce qui serait immanquablement arrivé ensuite.

De combien de nuits de luxure, et tarifées à quel prix, aurait-elle payé sa fugue ?

Ainsi vont de compagnie égoïsme et jeunesse. Lui n'était coupable que d'être sans doute plaisant de visage et de lui avoir plu, elle s'était jetée délibérément dans ses bras, quelle responsabilité avait-il dans le désordre où il allait la laisser ? Les "messieurs" riches l'avaient pervertie, pas lui. Pourtant son égoïsme à lui ne dépassait-il pas le leur ? Eux au moins donnaient leur argent.

Déjà il avait saisi ses hardes d'une main, les fameuses bottines de l'autre. En un instant il fut dans la rue et regagna le Lion-d'Or.

8

Il avait jeté les petites bottines sur le plancher de la chambre.

"Regarde, se criait-il à lui-même avec rage. Ce n'est pas Emma Bovary qui allait et venait entre la Huchette et le village, c'était la petite Homais ! Elle se rendait chez Rodolphe pour y retrouver des hommes accueillants qui lui promettaient de l'installer dans ses meubles !

— Et alors ? lui soufflait en même temps une autre voix à l'oreille. Les dix mille putains qu'il y a à Paris, les cocottes et les poules qu'entretiennent les riches de Rouen ou d'ailleurs, comment crois-tu qu'elles se recrutent, même pour des petites filles comme elle, sinon par des vieux messieurs bienveillants et riches !"

En ce qui le concernait, ce serait très simple : il partirait, il aimerait ailleurs, ce serait mieux comme ça. Car même avec tous les nobles et bons sentiments qu'il avait eus à un moment, qu'en aurait-il fait à la fin, de cette gamine ?

Longtemps encore, il se posa la même question : qu'en aurait-il fait ensuite, de la gamine ?

Bien entendu leurs rapports ne furent qu'élémentaires puisque au dire des experts une étreinte improvisée ne fait pas un amour. Plus jamais cependant ensuite il ne retrouva cette même chose : cet émoi, cet élan irrépressible, cette culpabilité mêlée d'innocence, enfin ce qu'il ressentit cette fois-là pour cette petite Homais rencontrée dans un village de hasard et prise à la sauvette dans un galetas avec ses bottines et son jupon jetés sous le lit. Certes c'était sa première expérience, il n'avait que vingt-cinq ans et sans doute la jeune fille ne valait rien du tout. Pourtant, l'image de la silhouette menue et à moitié dévêtue se contemplant dans le miroir de sa chambre (à moins qu'il ne la confondît avec celle de la fille qui, à travers la fenêtre de la Huchette, le regardait monter dans la voiture de Rodolphe, fille qui au reste n'était peut-être que la petite Homais elle-même) resta fixée dans sa mémoire.

Mais quoi ? Restait l'affaire Bovary. Elle, ce soir-là, le rappela à la réalité.

Car si vraiment les traces de bottines n'étaient pas celles d'Emma ; si celle-ci ne s'était pas rendue à la Huchette ; si Rodolphe n'avait pas menti en affirmant ne l'avoir pas revue récemment ; si elle n'avait pas été à la maison Homais pour y chercher de l'arsenic ; si les pas sur la neige étaient ceux de Marie Homais rentrant à la maison et non pas les siens ; si enfin Larivière et Canivet avaient eu raison en diagnostiquant une mort suspecte, que devenaient tous les éléments de l'enquête ? Qui était le coupable ? Ou, pour en revenir au sinistre point de départ : qui avait tué Emma Bovary ?

Tout d'un coup il se frappa le front :
La voiture !

La voiture... Charles n'avait-il pas raconté que lorsque, fou d'inquiétude, il était allé sur la route de Rouen espérant' qu'Emma rentrerait de Rouen par l'*Hirondelle*, il n'avait pas rencontré la vieille diligence, mais qu'en revanche il avait vu une voiture s'éloigner sur la route ? Qu'était-ce que cette voiture ? Qui pouvait dire si – bien que naturellement elle ne pût être déjà celle de la *Chasse Hellequin* – Emma n'était pas dedans ?

L'instant d'après, il était chez Charles. Il le trouva en robe de chambre et en bonnet de nuit, assis débonnairement avec sa mère dans la pièce à demi démeublée où d'Herville avait fait l'autopsie d'Emma et où maintenant, seul signe d'animation, le balancier de la grande horloge paysanne brune à longue caisse continuait de battre avec l'obstination domestique d'un bœuf qui rumine ou d'un feu qui brasille. Précisément installé devant les braises de sa cheminée, Charles achevait de terminer la côtelette que sa mère lui avait servie pour son souper.

"Charles ! L'éventail de ta femme qui a disparu, celui qui portait les initiales «E. B.», tu es sûr de le lui avoir donné cette année ?

— Je t'ai dit, c'était pour sa fête.

— Pardonne-moi, mais cet éventail se trouve aujourd'hui à la Huchette, posé sur une des tables de Rodolphe. Or tu m'as dit qu'elle avait cessé ses escapades depuis deux ans.

— Eh bien, qu'en sais-je ? dit-il avec lassitude. Certains soirs, quand elle pensait que j'étais endormi et en un temps où déjà nous ne faisions plus chambre commune, il lui est arrivé encore de se lever, de s'habiller, puis de se glisser par la petite porte de derrière qui donne sur le chemin qui borde la rivière en croyant que je ne voyais rien. Où allait-elle, retournait-elle en cachette chez Rodolphe ? J'étais lâche, j'avais peur de la perdre, que pouvais-je dire ? Je n'ai rien dit.

— Autre chose : ne m'as-tu pas raconté que le jour où Emma s'est empoisonnée, alors que tu la cherchais partout, tu t'étais rendu sur la route de Rouen, et que tout ce que tu avais vu sur cette route était une voiture particulière s'éloignant de Yonville ?

— Oui.

— Quel genre de voiture était-ce ? Quelle couleur ?

— Je ne sais plus.

— Tâche de te rappeler, c'est très important.

— Une grosse berline noir et vert."

Une grosse berline noir et vert ?

Une grosse berline noir et vert ! Ces mots soudain lui remirent l'image en tête : la lourde voiture noir et vert quittant la cour de la préfecture et ramenant chez lui un médecin épuisé de fatigue qui venait de témoigner devant Delévoye.

Courant, il retraversa la rue et grimpa quatre à quatre l'escalier qui menait à la chambre de la petite Homais.

"L'ami de M. Rodolphe et d'Emma, ce monsieur si gentil que tu rencontres à la Huchette et qui veut t'installer à Rouen, quel est son nom ?

— Je ne sais plus.

— Toi aussi ! Rappelle-toi, c'est très important.

— Il est médecin.

— Il s'appelle le docteur Larivière ?

— C'est ça."

Peu après les choses s'enchaînèrent. Sur vingt lignes griffonnées que Remi fit porter à cheval le lendemain matin par Hippolyte à la préfecture de Rouen, on envoya chez le docteur Larivière pour lui demander ce que faisait sa voiture sur la route de Yonville le soir du 23 mars alors qu'il n'avait jamais mentionné ce fait aux enquêteurs. Il se confirma qu'auparavant, à plusieurs reprises, il avait paru chez Rodolphe puis secrètement reçu Mme Bovary chez lui – en particulier ce fameux jour où elle s'était rendue à Rouen, la veille de sa prise d'arsenic. On ne sait comment il fit, ce qui se passa exactement, s'embrouilla-t-il dans ses explications ? Ou plus simplement, lassitude ou dédain (c'était bien son genre), choisit-il de ne pas se donner la peine de se défendre ? Il fut arrêté. A Rouen où il comptait nombre d'amis ou de protecteurs, curieusement aucun ne bougea. Plus surprenant encore si l'on pense à tout ce qu'il avait à défendre, sa réputation, sa famille, ses amis, sa carrière, sa fortune, sa Légion d'honneur, etc., il continua sur sa lancée des aveux : ce qu'avait raconté Marie Homais n'était pas une fable, il était l'un des compagnons des débauches qu'organisait Rodolphe. A la Huchette il avait rencontré Emma. Elle avait essayé de le faire chanter. Et il l'avait tuée au prétexte de vouloir la soigner, au moment même où, à Yonville, Canivet étant parti avec les autres chercher l'abbé Bournisien, il était resté seul un instant à son chevet.

VII

> *Il appartenait à la grande école chirurgicale sortie du tablier de Bichat, à cette génération, maintenant disparue, de praticiens philosophes qui, chérissant leur art d'un amour fanatique, l'exerçaient avec exaltation et sagacité (...). Dédaigneux des croix, des titres et des académies, hospitalier, libéral, paternel avec les pauvres et pratiquant la vertu sans y croire, il eût presque passé pour un saint si la finesse de son esprit ne l'eût fait craindre comme un démon. Son regard, plus tranchant que ses bistouris, vous descendait droit dans l'âme et désarticulait tout mensonge à travers les allégations et les pudeurs. Et il allait ainsi, plein de cette majesté débonnaire que donnent la conscience d'un grand talent, de la fortune, et quarante ans d'une existence laborieuse et irréprochable.*
>
> GUSTAVE FLAUBERT,
> portrait du docteur Larivière
> dans *Madame Bovary*.

Et ainsi tout bascula. Sous ses dehors de grand bourgeois et de médecin exemplaire, Larivière cachait une vie secrète.

Il n'était pas le seul. Un groupe de notables rouennais amateurs de plaisirs et de chair fraîche se réunissait en des lieux comme le château de la Huchette, dans ce genre de séance qu'on nomme avec pompe orgies et plus modestement parties fines. A l'une de ces parties Larivière rencontre Emma, que Rodolphe, l'arrachant clandestinement à la maison conjugale, y attire parfois. Il devient son amant, la partage avec plus d'un. Elle lui plaît, il lui donne de l'argent, promet de l'installer un jour à Rouen ou à Paris. C'est une femme charmante, s'il n'était l'homme établi qu'il est, il se mettrait presque à l'aimer. Elle est enceinte, serait-ce de lui ? Les incessants voyages qu'ensuite elle fait à Rouen dans la diligence d'Hivert sont pour l'hôtel particulier du médecin et non pour le misérable logis du malheureux Léon, lequel, autant le savoir tout de suite – même Flaubert s'est laissé piéger –, n'a dans l'histoire qu'un rôle de figurant ! Et lorsqu'elle est prise à la gorge par les billets de Lheureux, c'est Larivière qu'elle appelle. Elle le sait : ni le cher Léon ni les autres ne feront rien.

Cependant la liaison des deux partenaires révèle son vrai caractère et les choses se passent mal. Arrivée à Rouen le matin du 22, veille du drame, une Emma aux abois (qui d'abord sans succès a fait une tentative auprès du jeune clerc) se rend chez Larivière et lui met marché en mains : il faut tout de suite trois mille francs pour arrêter la saisie, sinon elle révélera publiquement la nature de leurs liens et le fait qu'elle est enceinte de lui.

Ce n'est pas la demande d'argent qui effraye Larivière, c'est le scandale. Comment lui, le célèbre docteur et presque professeur Larivière, l'apôtre de Rouen, meilleur chirurgien du département et sans doute futur pair de France, pourra-t-il se voir convaincu d'avoir participé à des parties fines chez un roué de village et en plus d'avoir mis enceinte l'épouse d'un confrère moins fortuné que lui ? A l'horizon en outre se profilent d'autres cercles aussi inquiétants et tout aussi protégés que celui de la Huchette. Il faut absolument empêcher qu'elle ne parle.

Emma est folle d'angoisse, comment la faire taire ? Larivière décide de lui fixer rendez-vous le lendemain dans sa voiture en haut de la côte de Yonville sur la route de Rouen, au prétexte de lui porter les trois mille francs. Le lendemain 23 en fin d'après-midi il est là, sur la route, et naturellement n'a pas l'argent. Elle se sent perdue, agite à nouveau les menaces de chantage. Lui perd patience et la frappe (d'où les traces de blessures). Puis il la laisse à la bifurcation de la route, repart furieux vers Rouen, et c'est alors que Charles aperçoit de loin sa voiture. Désespérée, Emma rentre chez elle, pense à l'arsenic qui existe dans la trousse qu'elle avait brodée pour Charles (c'est la seule chose vraie qu'il y a dans la déposition qu'il a faite à Remi), l'absorbe et se couche. Prise d'affreuses douleurs, elle n'a plus qu'à attendre et mourir.

Les jours qui suivent, une fois repris ses esprits, Charles ne dit rien de la disparition de l'arsenic que contenait sa sacoche. Il ne ferait qu'éveiller des soupçons alors que, dans son affreux malheur, le seul point dont il est sûr est qu'il n'est coupable de rien.

Alors, suicidée ?

Eh bien, même pas ! Car, dès les premiers interrogatoires, Larivière indique qu'Emma n'est pas morte de l'arsenic, elle est morte d'autre chose. Et plus on l'interroge, plus il avoue – souvent même, au grand dam des enquêteurs, avoue beaucoup plus qu'on ne le souhaiterait compte tenu d'autres personnalités qui peut-être elles aussi sont impliquées ! Mais ce diable d'homme est ainsi : malgré sa brillante carrière consacrée par la Faculté, il reste au fond de lui-même le chevalier d'aventure qui a vu les monceaux de cadavres de la charge d'Eylau, les typhiques de Vilnius, les gelés de la Grande Armée, celui qui a survécu par miracle aux plus hasardeuses campagnes de l'Empire, celui que l'Empereur embrasse après Wagram ! Joueur superbe s'il sent que la chance est pour lui, bon perdant si le vent tourne, mais dans ce cas *se désintéressant* aussitôt ; et alors préférant tout perdre plutôt que de même essayer de se défendre ! En somme, un comportement assez répandu dans la génération qui est la sienne, vouée à l'aventure et aux coups de dés : songez à Napoléon abandonnant sans états d'âme ses armées d'Egypte ou de Russie, à ses brillantes campagnes de France puis à sa tentative de suicide à Fontainebleau, à Balzac et son colonel Chabert, autre héros de la charge d'Eylau, préférant l'horreur de l'hospice aux embarras d'un procès en réhabilitation que pourtant il gagnerait. "Je voulais tout, je n'ai plus rien, quelle importance désormais ?" Caractère véritable : si différent de ceux que nous observons aujourd'hui !

*

Laissant donc le 23 vers cinq ou six heures de l'après-midi Emma sur la route de Yonville, Larivière est de retour le soir même dans son hôtel particulier de Rouen.

A peine est-il couché que Justin, envoyé à cheval dans la nuit, frappe à sa porte et demande de la part de M. Homais qu'il vienne tout de suite au chevet de la femme de M. Bovary, laquelle s'est empoisonnée et a perdu conscience. L'homme tient conseil avec lui-même et réfléchit. Refuser de se déplacer sera mal interprété, mieux vaut risquer le tout pour le tout et retourner le front serein à Yonville. Qui sait de plus quelle dose de poison Emma a prise ? *Si elle survit, elle parlera*. Faisant alors réatteler sa berline, il pousse son bel équipage au travers de la neige sur la route de Yonville, au risque d'être l'un de ceux qui, ces derniers temps, raniment un peu trop le mythe de la *Chasse Hellequin* ! A Yonville il retrouve son confrère Canivet, déjà au chevet d'une Emma qui a perdu conscience et ne le reconnaît pas.

C'est de l'arsenic et l'état d'Emma est très grave. Canivet, Charles et les Homais paniquent et vont chercher le prêtre, laissant un moment Larivière seul aux côtés de la patiente. Larivière sait, lui, *qu'on ne meurt que rarement du premier coup de l'arsenic* ; que pour mourir il faut en absorber des doses répétées et que le processus est souvent long et hasardeux*. Emma risque donc de se ranimer et de poursuivre son chantage. L'étrangler ? Etrangler laisse des traces, il y aura des hématomes au cou, un teint écarlate, des yeux exorbités. C'est alors qu'il pense aux carotides (mais qui, même de nos jours, a entendu parler des carotides !).

On le devrait pourtant. Les carotides sont utiles à connaître, ne fût-ce que parce qu'elles sont un

---

* C'est d'ailleurs une des faiblesses du scénario de Flaubert, pourtant inspiré d'après lui d'une autre affaire réelle, celle d'une dénommée Delphine Delamarre. L'arsenic provoque d'atroces souffrances, mais tuerait rarement du premier coup. La marquise de Brinvilliers et Mme Lafarge, célèbres criminelles, mettent des mois à empoisonner leurs victimes. Voir à ce sujet les travaux du célèbre spécialiste de l'époque, le docteur Orfila (1787-1853).

moyen plus commode pour tuer que la gorge. Et surtout moins visible.

Les carotides sont ces deux veines vitales, en vérité ces deux artères, qui montent de chaque côté de notre cou, à droite et à gauche du larynx. Elles sont faciles à trouver, on appuie simplement et symétriquement les doigts de chaque côté du cou. Sentez-vous ces deux pouls qui battent lentement ? Les voilà.

"Arrêtez, crierez-vous. Vous me faites mal !"

Nous sommes bien sur les artères carotides. Unissant directement le cœur au cerveau, elles alimentent celui-ci en sang frais. Qu'on les compresse simultanément (ce qu'on peut faire par exemple avec les deux pouces en prenant appui sur le plan osseux que forment par-derrière les vertèbres du cou : comme ceci). D'abord on provoque une syncope. Puis, si l'on prolonge le geste, la mort par arrêt de toute circulation dans le cerveau.

Abrégeons. En somme la mort vient de quelque chose appelé *anoxie cérébrale*, une asphyxie par arrêt de la circulation du sang dans le cerveau sans qu'aucun signe de strangulation classique apparaisse... ni même aucune trace du tout ! Naturellement cette compression simultanée des deux carotides n'est pas facile à exécuter : il faut que le patient soit couché, dans un état d'extrême faiblesse et n'offre aucune résistance, or c'était précisément le cas d'Emma Bovary ! C'est aussi un travail de spécialiste exigeant sang-froid, rapidité d'exécution, connaissance précise de l'anatomie, importante force physique dans les doigts – mais sur ces points Larivière est imbattable : il est l'homme qui à l'île Lobau a sauvé cinquante vies en coupant cinquante jambes en une nuit, l'ancien sous-lieutenant chirurgien aux armées aujourd'hui maître praticien à Rouen !

Sans même l'avoir prévu, le grand homme a tout en main pour commettre son crime. Il l'improvise à la minute.

Crime parfait. Au demeurant, achever quelqu'un qui déjà est probablement en train de mourir, est-ce vraiment un crime ?

Mal en point et presque en état de collapsus, Emma meurt donc sur le coup, au moment où Canivet et les autres, pauvres naïfs ! reviennent, précédant l'abbé Bournisien et ses sacrements. Consternation, larmes, lamentations. Nul ne se doute de rien, d'Herville pas plus que les autres quand plus tard il fera l'autopsie. En plus de l'arsenic, il n'identifie que les ecchymoses antérieures à la prise du poison et irresponsables de la mort.

Emma décède donc, non empoisonnée mais étouffée. Pourquoi alors, au lieu de laisser s'accréditer toute seule la thèse du suicide qui mettrait tout le monde hors de cause, Larivière invente-t-il de toutes pièces la révélation d'Emma sur son lit de mort ? Diabolisme ? Perversité ? Provocation ? Peu vraisemblable. C'est Remi lui-même qui, revenu plus tard à Rouen et examinant les pièces qui n'avaient pas été soustraites au dossier, en découvrit l'explication.

Si en effet on lit soigneusement le procès-verbal des premières déclarations des deux médecins, déclarations dont Remi n'avait pas connaissance puisqu'elles ne furent enregistrées qu'après son départ à Yonville, alors tout devient clair : d'après ce procès-verbal – et contrairement à la confusion savamment entretenue dès le début par Larivière –, c'est *lui seul*, non pas son confrère et lui, qui recueille la prétendue déclaration d'Emma, et du reste Canivet n'aurait pu l'entendre puisqu'elle n'a jamais existé !

Or pourtant, fier peut-être de sa brillante découverte des blessures sur le corps que son confrère n'avait pas vues, celui-ci ne suspecte rien. Il ne dément pas, sans savoir qu'ainsi il cautionne les mensonges de Larivière ! Le permis d'inhumer est suspendu, l'affaire commence.

Revenu à Rouen, Larivière ne peut rien faire d'autre qu'endosser la suspicion de crime : le mal est fait, puisque le permis d'inhumer a été officiellement et stupidement suspendu par ce crétin de Canivet. Une enquête va être nécessairement lancée à Yonville et il y a risque qu'on découvre le passage de sa voiture et sa liaison avec Emma. La seule solution est de jouer d'audace : non seulement assumer la découverte du confrère, mais surtout la travestir. Il l'améliore donc, y ajoutant la peu vraisemblable mais troublante histoire du réveil de Mme Bovary et de son ultime accusation. Ainsi au moins, pense-t-il, il sera mis hors de cause. *Qui en effet osera mettre en cause l'homme sans la déclaration duquel le meurtre n'aurait jamais été soupçonné ?*

Coup de dés, coup de génie ? Coup raté surtout, car rien ensuite ne se passe comme prévu. Delévoye abandonne l'enquête mais Remi la continue. Charles aperçoit la voiture sur la route, la petite Homais vend la mèche des soirées de Rodolphe. Larivière est pris, il ne lui reste plus qu'à capituler avec les honneurs… Tout avouer puis se désintéresser – seul ce comportement est digne de lui !

Du même coup, au passage, s'expliqua le mystère qui si longtemps avait tenu Delévoye et Remi intrigués : qu'était devenue la fameuse lettre adressée par Emma à son mari, avait-elle même existé ? Tout simplement Larivière l'avait empochée ! Seul dans la pièce au moment où tout le monde est parti quérir le curé, il remarque une lettre de l'écriture d'Emma laissée ouverte sur la table. Sans la lire faute de temps et presque machinalement – ou peut-être dans la crainte qu'Emma n'y dénonce quelque chose –, il la fourre dans sa poche et l'y oublie, ne la retrouvant par hasard que quelques jours plus tard. C'était la fameuse lettre dans laquelle Emma annonçait qu'elle s'était suicidée et venait de prendre de l'arsenic ! *"Qu'on n'accuse personne…"*, etc.

Oubli stupide. Produite à temps, la lettre eût tout arrêté. Mais c'était trop tard, la machine était lancée !

*

Quelle qu'ait pu être l'issue de l'affaire, l'histoire en tout cas contient un cas merveilleux : c'est celui du docteur Canivet. Sans qu'il ait jamais rien compris à l'ampleur de l'affaire ni d'ailleurs rien compris à rien, c'est par lui, le modeste praticien de Neufchâtel dont Larivière se gaussait si fort, que tout commence. Sans les traces de coups qu'il s'obstine à dénoncer bien qu'elles ne soient pas responsables du décès d'Emma, jamais on n'eût rien soupçonné. Aux innocents les mains pleines, dira-t-on : mais n'est-il pas souhaitable que cette histoire en comporte ?

*

Le retour de Remi à Rouen se déroula sous d'étranges auspices. Pour certaines raisons fort probablement quelque peu personnelles, il se trouva que M. le préfet et M. le procureur général connaissaient *très bien* l'existence des activités clandestines du docteur Larivière. De sorte que, dès le début – mais naturellement sans jamais soupçonner que leur ami médecin pût être impliqué dans un crime –, ils avaient pris l'affaire au sérieux. A Yonville, il y avait danger, non que la partie concernant la mort de la jeune femme aboutisse – ce dont personne ne se souciait – mais que le pot aux roses des soirées de la Huchette fût découvert, avec à la clef le scandale qu'on imagine. L'idée fut donc en premier d'envoyer sur place cette bonne et brave bête de commissaire Delévoye comme une sorte de pare-feu, dans l'espoir que, fort de son bon sens et de ses méthodes primitives, il reviendrait concluant au suicide et recommandant le non-lieu.

Cependant le commissaire ne comprend rien et pousse ses investigations. Alerté par Rodolphe qui, dès le premier interrogatoire, a compris que celles-ci risquent de mener beaucoup plus loin qu'on ne souhaite, le préfet décide d'arrêter la comédie et de suspendre l'enquête. Longueville ramène alors *manu militari* le désormais trop encombrant enquêteur – sans que, dans ces calculs, personne songe au misérable petit attaché de préfecture qui, laissé à Yonville, va, l'imbécile, continuer seul l'enquête et faire surgir la vérité !

Convoqué à la préfecture, Remi y attendit presque au secret une matinée entière. En premier lieu il fut interrogé par un Delévoye méconnaissable qui venait de recevoir confirmation qu'il partait à la retraite d'office, sans reconnaissance pour services rendus ni augmentation de grade. Le temps des "fiston" et "petit" était bien révolu ! Métamorphosé en accusateur, il reprocha à Remi d'avoir fait exactement le contraire de ce qui lui avait été demandé. Comment un freluquet comme lui pouvait-il avoir été assez vain pour ne pas comprendre que mettre en cause de sa propre initiative une personnalité comme le docteur Larivière était une décision grave, que jamais un godelureau de son espèce n'aurait dû prendre sans consulter sa hiérarchie ? Laissant reposer l'enquête et la version du suicide se valider ensuite d'elle-même, il eût épargné la réputation d'un homme jusque-là renommé pour son intégrité et sa bienfaisance.

"Mais enfin, cet homme-là n'a-t-il pas avoué un crime ? essaya de rétorquer Remi.

— Et alors ? Son arrestation ressuscitera-t-elle Emma Bovary ?"

Il y avait du bon sens dans cette remarque, et Remi dut reconnaître sa responsabilité. Par sa faute son ancien et cher patron quitterait le service à la pension congrue !

M. le procureur du roi le reçut un peu moins de cinq minutes. L'homme était habile. Il se montra flatteur, courtois, prédit à tout hasard (car on ne sait jamais) un avenir brillant à son visiteur. Quel malheur vraiment que la réorganisation due au départ de M. Delévoye impliquât la disparition de son poste !

"Je vous regretterai, jeune homme. Je me faisais lire vos rapports, ils démontraient du talent. Revenez me voir quand tout ceci sera oublié, ma porte alors vous sera toujours ouverte."

Et il lui tendit une main lasse pour un adieu définitif.

M. le préfet fit moins dans la dentelle. A Rouen on s'était aperçu qu'on n'avait plus besoin de lui, que ne tentait-il sa chance à Paris ? Les perspectives y étaient plus vastes, les capacités mieux reconnues. Dans sa mansuétude, l'Administration était prête à lui offrir deux billets de chemin de fer *aller simple* en troisième classe Rouen-Paris pour lui et sa mère, la pension de celle-ci continuant d'être servie si naturellement il se tenait tranquille. Une lettre de recommandation pourrait même plus tard être envoyée à son sujet pour un emploi à la préfecture de Paris.

Peu après ces entretiens, des rumeurs coururent dans le département : M. le procureur du roi, M. le préfet, d'autres encore auraient participé aux orgies de la Huchette. A cette liste on ajoutait parfois les noms de quelques notables de la région de Yonville : celui du notaire Guillaumin en particulier ! D'ordinaire plus bavard, d'Herville prétendit ne rien savoir. Craignant sans doute pour son propre avenir, il prit congé hâtivement.

Un Remi très reconnaissant ayant accepté les deux billets de chemin de fer en troisième classe pour lui-même et pour sa mère, on dormit mieux dans plusieurs belles maisons de la Seine-Inférieure. A Paris sa mère et lui connurent quelque temps la misère. Puis elle mourut, et naturellement la lettre de recommandation n'arriva jamais, chose sans importance car, bien avant que M. le préfet de la Seine-Inférieure ait eu la bonté d'y penser pour lui, Remi avait décidé de quitter la police. Il entra dans les affaires, y réussit bien. Les années passèrent, il se fit une bonne vie en eau calme. Il devint riche – vieux aussi en même temps.

Le Fanal de Rouen, 25 mai 1846 :

"On annonce à la préfecture le départ en retraite de M. le commissaire Delévoye. Après dix années passées à la tête des services de la police de notre département, ce digne serviteur de l'ordre public a quitté ses fonctions la semaine dernière, entouré du regret et de l'affection de tous.

Dans l'émouvante allocution prononcée à l'occasion de ce départ, M. le préfet de la Seine-Inférieure a souligné les mérites de l'homme qui nous quitte : «Sa sagacité et sa connaissance du terrain étaient sans égales, a-t-il précisé. Chacune de ses enquêtes jusqu'à la dernière aura été assumée avec autant de tact que d'intelligence civique.»

De même source, on annonce que M. de Longueville, le jeune et brillant attaché de notre préfecture, a été fait chevalier dans l'ordre national de la Légion d'honneur."

*

D'autres détails suivirent. Peu de temps après la publication de l'article du *Fanal*, Larivière décéda providentiellement dans sa cellule. Mort naturelle, suicide, assassinat, accident ? On n'en sut rien, quelle coïncidence ! Il n'y eut pas de procès, la quiétude morale des citoyens fut préservée en Seine-Inférieure. Ses illusions définitivement envolées, Delévoye se retira à Croisset, petit village en bord de Seine situé non loin de Rouen – où d'ailleurs, pur hasard, la famille Flaubert avait sa maison de campagne. Sa seule occupation étant de se rendre quotidiennement au café pour y jouer aux cartes et y boire la goutte – activités en général fort mauvaises pour la santé –, il décéda quelques mois plus tard. Entre-temps on apprit que d'Herville avait quitté les services de la préfecture pour la clientèle privée. Le bruit courut qu'il avait racheté la berline et l'hôtel particulier du professeur Larivière. On espéra qu'il en ferait meilleur usage.

M. le préfet devint sénateur de l'Empire puis de la République. Remi le rencontra une ou deux fois beaucoup plus tard dans des circonstances officielles. Il ne jugea pas utile de se faire reconnaître.

Toujours sur la voie royale où il s'était engagé, M. de Longueville, le talentueux jeune homme qui était venu chercher Delévoye à Yonville en évitant soigneusement de se mouiller les pieds, fut nommé sous-préfet puis préfet. Malheureusement pour lui, jugé trop compromis avec les orléanistes, il se fit un peu plus tard *casser l'oreille* par le Prince-Président, quand celui-ci se prépara à prendre le pouvoir sous le nom de Napoléon III.

Il n'y a plus de justice en ce monde !

Quelques mois après le décès d'Emma, Charles fut retrouvé mort assis sur un banc de son jardin. Il s'y était endormi et ne s'y réveilla point, mort miraculeuse que, dans son infinie miséricorde, Dieu, paraît-il, accorde de préférence aux faibles d'esprit et aux imbéciles, des agonies plus subtiles étant réservées aux autres. Ne faut-il pas en effet qu'à la fin, par un dernier coup de pouce, soit rétabli un peu l'équilibre de la balance ?

Remi apprit également (que le même Dieu la bénisse !) que la petite Homais avait officiellement jeté sa gourme juste après son départ. Elle avait, la salope ! décidé de se faire entretenir par notre cher et joli jeune homme de Rouen, l'ineffable Léon porteur de ces si belles boucles jaunes qu'aimait tant caresser Emma. A ces deux jeunes oiseaux on pouvait prédire un très bel avenir, à lui surtout en vérité. Car comme il se cherchait une fille à dot pour racheter l'étude de maître Guillaumin, lequel voulait se retirer, il y avait fort à parier que bientôt il plaquerait sa jeune compagne. Mais justement elle se méfiait. Et sans états d'âme chassait un autre parti.

Rodolphe vendit la Huchette pour s'installer à Paris. Dévoré de syphilis et de dettes, ayant gaspillé tout son argent au jeu ou avec des *créatures*, il se tua en plein Boulevard d'un coup de pistolet. Par un hasard étrange, c'était à deux pas de la maison où alors habitait Flaubert*.

---

* Détail historique. Rodolphe Boulanger se tua effectivement sur le Boulevard à Paris en 1852, assez curieusement à deux

Suicide encore. A croire que, vrai ou faux, le suicide est la spécialité de cette histoire !

Pour le reste, c'est à désespérer. La tombe d'Emma est restée là où Lestiboudois l'avait creusée. Elle gît à l'ombre de trois petits sapins plantés au chevet de l'église de Yonville et s'y trouve encore aujourd'hui. Proches sont celles de l'ancienne épouse de Charles, la fameuse veuve Dubuc (on n'a pas eu besoin de déterrer celle-là), et de cette autre femme qui s'est vraiment suicidée quelques années plus tard à Yonville pour le même genre de problèmes que ceux d'Emma, la dénommée Delphine Delamarre (plus joli nom que celui d'Emma Bovary), que Flaubert ensuite essaya de faire passer pour son modèle.

La sépulture d'Emma s'orne d'une statue représentant un génie ailé porteur d'une torche. Suivant les dispositions testamentaires de Charles, Homais lui-même, c'est tout dire ! l'a choisie chez le meilleur *artiste funéraire* de Rouen. Elle est si laide que quand il passait devant (il est mort lui aussi), l'abbé Bournisien refusait d'y faire sa prière. Parfois Mme Homais y jetait un regard furtif en allant faire ses courses ; puis elle pressait le pas.

Justin a quitté le bourg. Il s'est établi à Rouen comme garçon épicier. Quelle différence ? C'est toujours remplir des sacs de papier.

Lheureux n'a cessé d'empiler ses écus ou plutôt ceux des autres. Aux dernières nouvelles il s'essayait à créer un nouveau service de diligence, voulant concurrencer l'*Hirondelle* et ruiner ainsi, s'il

---

pas de l'endroit où alors habitait Flaubert et où il écrivait *Madame Bovary*, 42, boulevard du Temple. L'appartement de Flaubert existe toujours, au troisième étage.

était possible, le brave Hivert. Rien jamais n'arrêtera les Lheureux ni le progrès !

Longtemps encore, Homais exerça sa profession de pharmacien à Yonville. Tout comme avant les événements, sa femme veillait sur ses repas, ses digestions, son sommeil, ses chemises – et même sur ses érections nocturnes, du moins à ce qu'on disait ! En bref, le bonheur d'un homme. Il eut une clientèle d'enfer, l'autorité le ménageait et l'opinion publique le protégeait.

Il a reçu la croix d'honneur*.

Pour finir, la vie n'ayant pas toujours la noirceur qu'on peut lui prêter, ne peut-on évoquer une petite scène assez jolie qui se déroule au moment où Remi, ayant enfin reçu son ordre de plier bagage pour Rouen, quitta le bourg où avait vécu Emma Bovary ? De toute cette histoire (mais tout dépend des goûts !), c'est l'une des parties qui peut toucher le plus. Et qui en tout cas le toucha le plus, lui, tout au long de sa vie.

La roue du temps tourne en arrière. Reprenons le chemin de Yonville.

Son coffre jaune suspendu à l'essieu des deux grandes roues montant jusqu'au niveau de la bâche, la vieille *Hirondelle* attendait face au Lion-d'Or comme elle le faisait d'ordinaire et comme un jour nécessairement elle cesserait de le faire. A part Hivert qui d'impatience faisait claquer son fouet, personne n'assistait au départ et c'était mieux ainsi. Seule la fille Homais n'avait pas oublié, car à peine Remi eut-il rabattu vers lui la porte arrière de la diligence qu'il la vit surgir à travers la fenêtre.

"Attendez-moi, attendez-moi", criait-elle.

---

* Voir note p. 12.

La diligence s'ébranla.

"Que veux-tu encore, petit limaçon ?

— Où allez-vous ?

— A Rouen ; puis à Paris peut-être.

— Emmenez-moi, vous m'aviez promis !"

Elle avait pris ses jupes des deux mains et courait derrière la voiture.

"Tu es folle, que ferais-je de toi à Paris ?

— Arrêtez-vous, arrêtez-vous ! criait-elle au travers de ses larmes en courant. Je ne veux pas rester à Yonville, je suis bien faite et plaisante, enlevez-moi de ce lieu où je périrai, aidez-moi, aidez-moi ! Aimez-moi, épousez-moi, ne soyez pas méchant ! Je vous aime, prenez-moi avec vous !"

Et lui, assis inerte sur les mauvaises banquettes de l'*Hirondelle*, ne répondait pas. Il songeait au Paris qui sans doute l'attendait, au Boulevard, aux théâtres, aux bals masqués et à leurs fanfares ; au caquet des grisettes ; à celui des amis, des cafés où l'on parlait littérature.

A la liberté.

"A qui te confesses-tu d'habitude ? cria-t-il alors que la voiture prenait de la vitesse.

— Je ne me confesse pas. Je n'ai pas l'habitude de me confesser.

— Eh bien ! quand tu auras besoin de te confesser, va voir l'abbé Bournisien. Il a connu un cas comme le tien ; il t'aidera.

— Y a-t-il un remède ?

— Il n'y a pas de remède. Adieu, je t'écrirai.

— Adieu, monsieur. Si vous m'écrivez, je répondrai."

Et naturellement il n'écrivit jamais. Elle courut encore un peu derrière la diligence. A mesure que celle-ci s'éloignait, cahotant sur la route, la petite silhouette essoufflée et chancelante se confondait pour lui avec celle d'Emma.

Pauvre Emma ! Pauvre Marie !

Pauvre Mme Homais aussi !

Derrière lui le village disparaissait. Bientôt il le retrouverait suspendu au fond de sa mémoire comme l'un de ces vieux tableaux qu'on accroche au mur pour s'assurer de ne pas perdre tout à fait le souvenir de quelqu'un ou de quelque chose auquel on a tenu. Parfois sa pensée le croiserait par hasard. Alors il retrouverait les vieilles maisons à colombages, les paysans en blouse bleue plantés devant leur porte, les volailles caquetant dans les cours des fermes.

Emma.

La neige fondait partout. Des martinets traversaient le ciel, des vapeurs montaient de la rivière, des coqs chantaient. Les cheminées du bourg poussaient leur mince filet de fumée, le soleil éclairait les toits de chaume où, enfin libérés, les iris mauves et jaunes fleurissaient, cet hiver de folie était donc terminé ! Parvenue en haut de la côte, l'*Hirondelle* essaya de rappeler sa misérable existence au reste du monde par un puissant gémissement de ressorts qui ébranla toute sa caisse mais resta sans écho. Il ne lui resta plus alors qu'à tressauter de plus en plus régulièrement à mesure que le trot des bêtes entraînait Remi vers Rouen, et que pour longtemps l'image de la petite Homais en sanglots courant après elle se fixait en lui.

Peu après, il partit pour Paris.

Est-ce le hasard, ou la curieuse blessure que longtemps il garda en lui, de cette pourtant médiocre idylle qu'il eut avec la petite Homais ? Au fil des années, et bien qu'il passât désormais pour un homme accompli et sage, cette nostalgie qu'il tint toujours secrète ne cessa de le poursuivre. Comme chacun, naturellement, il eut dans sa vie des liaisons et des conquêtes. Sa part d'*amour* en somme, que jamais il n'arriva à fixer. Une sorte de voile ou de filet, quelque chose d'à la fois invincible et inexplicable, la peur peut-être d'un événement qu'il pressentait sans remède car si fragile et si dangereux qu'on ne pouvait l'endurer longtemps, le retenait cependant chaque fois qu'il risquait de tomber amoureux.

Alors il rompait.

Mais quoi ? Les amours de jeunesse ressemblent à cette vaccine de Jenner que les médecins vous injectent contre la variole : elle vous immunise ; mais en même temps qu'elle vous immunise, elle vous communique un peu de la maladie.

POSTFACE

FLAUBERT A-T-IL MENTI ?

Et Flaubert et son fameux roman là-dedans ? Celui-ci ne parut qu'en 1857, soit près de dix ans après l'affaire. Le titre en était : Madame Bovary.

S'il fut publié chez Charpentier ou Lévy, ce n'est que de l'histoire littéraire, quelle importance aujourd'hui ? Il sortit également en bonnes feuilles dans La Revue de Paris *et, bien qu'il ne fût qu'un tissu de fables et qu'en particulier il niât qu'Emma Bovary ait été assassinée et confortât la version du suicide, il eut un succès considérable. D'un seul coup, à tort ou à raison – sûrement à raison –, son auteur passa pour un grand écrivain.*

Utilisant ses vagues souvenirs sur Charles et s'étant présenté par hasard (le lecteur s'en souviendra peut-être) aux funérailles d'Emma, il s'était intéressé à l'affaire. Pour la véracité de son récit, le malheur voulut qu'il emprunta ses éléments non à de vrais témoins comme Delévoye ou Remi, mais aux articles faux ou hypocrites publiés par le père Homais dans Le Fanal de Rouen *ou à la version en premier répandue par les autorités, version à l'eau de rose qui arrangeait tout le monde et qui malheureusement est celle de son livre : Emma se suicide par désespoir d'avoir péché avec Rodolphe et Léon ; et, par l'achat de fanfreluches, ruiné son mari !*

Un peu plus tard, seconde imposture et alors qu'il était sous la menace d'un procès pour immoralité, Flaubert nia qu'Emma Bovary eût jamais existé. Il prétendit s'être inspiré d'une autre histoire, celle d'une jeune femme nommée Delphine Delamarre, vivant dans le même village ou peut-être dans un autre appelé Ry, et qu'ainsi Emma, Charles, Homais, Rodolphe, Lheureux, Mme Lefrançois, Yonville-l'Abbaye même auraient été pure invention de sa part !

Une fois de plus le monde littéraire fut berné par l'affabulation d'un romancier et comme d'habitude chacun s'en moqua. Quelle importance, la montagne ayant accouché d'un chef-d'œuvre ? Seul Remi continua à soutenir que présenter l'affaire comme une pure fiction était un mensonge ; que tous les personnages que Flaubert décrivait avaient bien existé ; et même qu'une contre-enquête sur la mort de Mme Emma Bovary, à laquelle, jeune homme, il avait participé, avait eu lieu à l'époque ! Vers la fin de sa vie il en fit une relation complète à l'un de ses amis qui la transmit à un autre ; et ainsi son témoignage put être conservé.

Pour Flaubert en tout cas, l'entreprise est proche de l'escroquerie ! Dans son roman tout est changé. Emma n'est plus assassinée, elle se suicide par dégoût de vivre. N'étant plus l'assassin, Larivière est rétrogradé au rang de comparse. Il n'est plus que le médecin célèbre, celui qu'on appelle toujours trop tard parce qu'il est trop cher ; et qui file le plus vite possible après la mort de son patient pour ne pas, par un décès, ternir sa réputation.

Canivet demeure le compère effacé qu'il était par nature. Pour le reste, les personnages sont poussés au ridicule : Bournisien n'est qu'un mauvais prêtre ignorant, Rodolphe un bellâtre de province, dénué même du talent d'organiser des parties fines dans son château. Emma ne prend que deux amants, l'un et l'autre de fort tristes sires, Rodolphe et Léon. Charles son mari est un balourd, incapable, le pauvre homme ! de faire du mal à une mouche et à plus forte raison de tuer sa femme (rêve pourtant plus répandu qu'on ne croit, même dans les ménages modestes). L'histoire est avilie par la banalité voulue des personnages, celle d'Emma y comprise.

Pauvre Emma ! Pas l'ombre d'une idylle (même tarifée) entre Homais et elle ; un Homais trop sérieux et aimant trop sa pharmacie pour jeter seulement une moitié d'œil sur elle ; pas de relation avec Rodolphe après leur rupture ; rien à se mettre sous la dent à la fin de l'histoire sauf les fameux cheveux jaunes de Léon, le reste à l'avenant ! Le caractère romain de Mme Homais affadi et complètement méconnu.

Tout ça, sans doute, pour faire mesquin *dans un roman qui, à la mode de l'époque, se voulait "naturaliste".*

Grands ou petits, de nombreux détails clochent : on ne parle jamais de la Chasse Hellequin *ou des cavalcades nocturnes conduites par Girart sur les routes de Yonville ; aucun hiver anormalement tardif ni aucune neige ne frappe la Normandie cette année-là ; dans les descriptions la maison Bovary est placée du mauvais côté de la route, la petite rivière de la Rieule devient le Crevon ou l'Andelle à moins que ce ne soit le contraire, l'église est privée de l'auvent sculpté en bois qui pourtant en est l'ornement principal et est décrit dans tous les guides, etc. Mais quoi ? Il fallait à tout prix de la banalité et de la dérision.*

Pis encore, M. et Mme Homais n'ont pas de fille de l'âge de celle que Remi avait connue, et dont pourtant si longtemps il garda le goût acide et tendre dans sa bouche, et se souvint comme ses deux petits seins pouvaient être excités. Au contraire le pharmacien et sa femme sont dotés de deux horribles marmots aussi insupportables et hébétés l'un que l'autre, que Flaubert en plus a l'indécence de prénommer Napoléon *et* Athalie *! Si bien que le personnage peut-être le plus plaisant de cette histoire, cette petite Homais que Remi a si charnellement tenue entre ses bras (et peut-être aimée à sa façon), a disparu, purement et simplement escamoté !*

Pourtant, quand il parlait du livre qu'un jour enfin il se décida à lire, il ne pouvait se dissimuler – à regret – que certaines pages en étaient belles. Dans le roman, Yonville et ses personnages resplendissent à jamais de l'éclat immortel de la bêtise. Mais surtout la figure centrale redevient Emma Bovary. Par instinct Flaubert l'a splendidement restituée, lui qui jamais ne l'avait rencontrée vivante, alors que d'Herville et Remi avaient eu au moins une sorte de contact indirect avec elle, l'un au bout de son scalpel, l'autre au travers d'une enquête plutôt fangeuse. Remi n'en était pas jaloux. Sa profession avait été de rechercher les circonstances de la mort de cette femme, celle de Flaubert de broder sur sa vie, en ce domaine un pauvre flic aura toujours tort : il n'a droit qu'à la stricte vérité des faits, alors que le romancier, lui, peut à loisir inventer, rêver – et mentir !

Dans l'Emma suicidée réinventée par Flaubert, il n'est pas question de chantage, de vice ou de vénalité. Il n'y a que des horizons médiocres, des amours illusoires, des espoirs avortés, des journées interminables, des actions inutiles. C'est un mélange inextricable et cependant superbement ordonnancé de grandeur, de misère, de sincérité déçue, de mensonges, de réalité triste et de tristes rêves. D'Emma il a su faire une femme qui en même temps aurait été femme et colombe, est-ce que l'on voit ce que cela veut dire ? Plus d'une fois dans le livre elle fait penser à ces jolis oiseaux captifs et mélancoliques qui tournent dans les cages et s'usent le bec contre les barreaux à essayer de comprendre ce qui leur arrive. Pourquoi se donner la peine de les tuer ? Dès qu'ils auront mesuré la dimension de leur cage et compris ce à quoi ils sont condamnés, ils se tueront d'eux-mêmes. Ils n'auront pas besoin de la triste complicité des assassins de Yonville pour mourir !

Dont acte.

BABEL

Extrait du catalogue

894. *
    Le Chevalier paillard

895. VOLTAIRE
    Ce qui plaît aux dames

896. DOMINIQUE PAGANELLI
    Libre arbitre

897. FRÉDÉRIQUE DEGHELT
    La Vie d'une autre

898. FRÉDÉRIC CHAUDIÈRE
    Tribulations d'un stradivarius en Amérique

899. CHI LI
    Soleil Levant

900. PAUL AUSTER
    Dans le scriptorium

901. FRANS G. BENGTSSON
    Orm le Rouge, t. I

902. LAURENT GAUDÉ
    Dans la nuit Mozambique

903. MATHIAS ÉNARD
    La Perfection du tir

904. ANTOINE PIAZZA
    Les Ronces

905. ARNAUD RYKNER
    Nur

906. ANNE BRAGANCE
    Danseuse en rouge

907. RAYMOND JEAN
    Un fantasme de Bella B.

908. ÉRIC NONN
    Une question de jours

909. OMAR KHAYYÂM
    Robâiyât

910. METIN ARDITI
    L'Imprévisible

911. JOSÉ CARLOS SOMOZA
    La Théorie des cordes

912. JULI ZEH
    La Fille sans qualités

913. HELLA S. HAASSE
    L'Anneau de la clé

914. TORGNY LINDGREN
    Divorce

915. HODA BARAKAT
    La Pierre du rire

916. FRANÇOISE DUNAND
    Isis, mère des dieux

917. MARIE DE FRANCE
    Lais

918. IMRE KERTÉSZ
    Roman policier

919. YOKO OGAWA
    Tristes revanches

920. NEIL BARTLETT
    Ainsi soient-ils

921. EMILI ROSALES
    La Ville invisible

922. ERWIN WAGENHOFER
    Le Marché de la faim

923. ALEXIS DE TOCQUEVILLE
    Sur l'esclavage

924. ALEXANDRE POUCHKINE
    Eugène Onéguine

925. AKI SHIMAZAKI
     Wasurenagusa

926. MURIEL CERF
     L'Antivoyage

927. PERCIVAL EVERETT
     Blessés

928. GÖRAN TUNSTRÖM
     Le Livre d'or des gens de Sunne

929. ANNE-MARIE GARAT
     Une faim de loup

930. INTERNATIONALE DE L'IMAGINAIRE N° 23
     L'Internationale de l'imaginaire de Jean Duvignaud

931. FAIRFIELD OSBORN
     La Planète au pillage

Ouvrage réalisé
par l'atelier graphique Actes Sud.
Reproduit et achevé d'imprimer
en mars 2015
par Normandie Roto Impression s.a.s.
61250 Lonrai
pour le compte des éditions
Actes Sud
Le Méjan
Place Nina-Berberova
13200 Arles.

Dépôt légal
1re édition : janvier 2009
N° impr. : 1501246
(Imprimé en France)